欣喜是自酿的

毕淑敏 ———————————————— 著

湖南文艺出版社
HUNAN LITERATURE AND ART PUBLISHING HOUSE　博集天卷
CS-BOOKY

欣喜
是
自酿的

8

欣喜
是
自酿的

欣喜
是
自酿的

8

欣喜

是

自酿的

8

欣喜

是 ——

自酿的

目 录

Contents

欣喜
是
自酿的

01 欣喜是自酿的

第一次认得"酿"这个字，它和"酝"肩并肩，相依为命。不过跟在它们俩身后的，是"会议"和"人选"这样正襟危坐的词。所以，我觉得"酝酿"是很严肃的行为。

后来才知道，酝酿本是家常事情。"酝"的繁体字，偏旁还是"酉"，只是右边为"温暖"的"温"字之一半，意思就是温热和暖。"酿"的繁体字，左边也还是"酉"，右边是个"襄"字，指的是包裹容纳之义。这两个字连在一起，描述的是在谷物中放置酵曲，让谷物慢慢发酵的过程。只要静候的时间足够长，原本的粮食就会因曲种不同，变成酒、酱油、醋、干酱等不同成品。酝酿如同一根金手指，探入谷物之后，让原粮成了脱胎换骨的妙品。

比如，红葡萄酒和葡萄是大不同的，虽然它们还羞涩地保留着一脉相承的殷红。

黄豆和豆瓣酱也分道扬镳了，虽然它们都还保存着某些破损的豆瓣。

醋和它的前身就更南辕北辙了。洁净的透明米醋有得道成仙的飘逸，它粗糙的前身像池塘中的泥。

酝酿就是如此惊艳，时间与曲种合谋，平凡的谷物开始升华，自此酿泉为酒，积微成著，点石成金。

曹操除了金戈铁马可歌可泣，还会酿酒。他呈给献帝的酿酒秘方，从用曲多少、用稻多少，到何日渍曲、几日一酿，都说得条理分明。甚至给酿得不成功的酒，指出了一条洗心革面之路——"若以九酝苦难饮，增为十酿"，即可变成好酒，能够甘饮了。

古代的知识女性卓文君也是会酿酒的。靠自己双手劳作，酿出的美酒，一时间竟成了私奔之后司马相如小饭店的招牌。

现代的女人男人，很少会酝酿之法。葡萄酒是在酒厂制造的，酱油是在酱油厂生产的，醋是在醋厂完成的。我们荒疏了很多本领，以为万物都是从超市的货架上诞生的。

我有个朋友是红酒庄的品酒师。我在他那里速成过红酒的知识，为了自己写小说描绘贵族晚宴的时候不至于露怯。他耐心讲解，希望我能成材。他谆谆讲解多次之后，知识传授进入了验收阶段。

他拿出"酒鼻子"，考察我的长进。

"酒鼻子"这名字说起来凡俗，实则是一种来自法国的专业品酒鉴赏工具。它把葡萄酒的香气收集起来，制成类似标本的小瓶子，包含了葡萄酒中常见的78种典型气味。共分为54个香味系列、12浊味和12橡木系列。水果、花卉、树木、草本、香料、动物等味道无不囊括其中。比如荔枝、黑醋栗、松露、胡椒、烤杏仁等八竿子打不着的气味，在"酒鼻子"里都占据一席之地。

合格的品酒师，要能准确地说出各种气味的名称。

当我成功地把"酒鼻子"中的某一果香，说成是"柿子椒味"之后，品酒师以绅士的绝望表达了对我的遗弃。

不过，我可没有以怨报德地放弃他。某年夏天，我的一位朋友送来了一大篓优质葡萄，晶莹欲滴，紫霜盖顶，我以为他从花果山归来。

非常好的葡萄。猴王汗水涔涔地说。

是啊是啊。我频频点头。然后为难地说，这么多，怎么吃得完？

把它们冻起来。寒冬腊月时，拿出一粒，往嘴里一扔，嘎嘣脆，你可以咂摸出夏秋的味道。猴王说。

我下意识地托了托腮，琢磨我的槽牙可经得住这般乍暖还寒？

不管怎么说，我表示了衷心的感谢。猴王走后，我给能想得起的亲朋打电话，约好送葡萄的时间。整整奔波一天，所余葡萄之量仍是惊人。

我给绅士品酒师打电话说，我要送您一些上好的葡萄。

给我送葡萄，有点像给渔民送蛤蜊。酒绅士回答。

但是，我的葡萄太多了，放下去会坏掉，暴殄天物啊！我真有点急了。

那您可以把它们酿成葡萄酒。酒绅士说。

酿……酒？完全不会。我茫然。

酿酒并不难，从前几乎所有的女人都会酿酒。我把要领教给您，网上也有攻略。您只需准备一些干净的玻璃容器就行了。酒绅士轻描淡写。

在送无可送的危急情况下，为了挽救葡萄，只有学习酿酒。

哪儿能有酒曲？我突然想到这一极重要的问题。

如果您是专业的酿酒工厂，当然需要酒曲。但您在家里试着酿这么一点葡萄，可以不用酒曲。酒绅士说。

本来我就是生手，再没有酒曲，这不还没启动就意味着完全失败吗？我气急败坏，觉得这酒绅士草菅人命。哦，确切地说，是草菅葡萄命。

酒绅士说，您的葡萄上可有一层白霜似的东西？

我说，有。

酒绅士说，这正是天然野生的酵母菌。您只要在清洗葡萄的时候不要把它们一网打尽，等上一段时间，它们就能自动把葡萄发酵成酒了。

我半信半疑，说，就这么简单？

酒绅士说，是的。您想想，最初的葡萄酒一定是自然发酵的，那时候，哪里有现成的酒曲呢。请相信大自然。

我仍不死心，在网上搜索了一下"酒曲"。结果是酿糯米酒的曲种好买，酿葡萄酒的曲种只供批发，起批点足够发酵一吨葡萄。我这一堆命运多舛的葡萄，只有仰仗大自然的馈赠了。

按照酒绅士的指示，我把葡萄洗净晾干（保留了葡萄上的白霜，并对它们寄予厚望），然后带上一次性手套，将葡萄一一捏碎。看着猩红的汁液鲜血般淌入干净的玻璃容器中，我心中像农妇般祈祷——葡萄啊葡萄，请你快快变成酒！

之后的每一天，我几乎每个小时都去张望酝酿中的葡萄，看它们在粉身碎骨之后如何踏上涅槃之路。

葡萄们开始发泡膨胀，紫色的皮和灰白的籽向上浮动，在表面形成痂皮，臃肿而纷杂，简直和腐朽的垃圾差不多。我向酒绅士悲哀地报告，他毫不惊诧地说，这是发酵的正常过程，酒酵母正在把葡萄中的糖分化为酒精，少安毋躁，慢慢等待。

简短截说，在大约十几天的煎熬之后，我终于发现盛放葡萄的容器中，不再向上翻涌气泡，渐渐安静下来，汁液趋向澄清。

您可以过滤它们。酒绅士遥控。

过滤之后，葡萄汁"女大十八变"，居然有了葡萄酒的模样。

我向酒绅士报告喜讯，他仍旧是淡然的，说，好啊。

我说下一步呢？

他说，您可以把它们斟入酒杯，品尝一下。

我有点诚惶诚恐，斟进酒杯的时候，居然有轻微的紧张。之后，我喝到了自己酿出的葡萄酒，清爽甘甜。

那一瞬，我吐着舌头呆住了。我一直认为我把葡萄酿坏是理所当然的，倒是这不可思议的简单平顺之成功，令人愕然。

我立马向酒绅士报喜。他并没有我这般兴奋，只是说，您赶快把过滤完的酒汁，用 50 ℃加热蒸一下。记住啊，温度既不能过高，也不能过低。之后，满瓶、密封、低温、避光保存。存储不得超过半年，就得喝完。

我说，为什么？

他说，防止酒变成醋。

我说，酒是酒醋是醋，两者怎么会混淆？

酒绅士说，它们相隔并不远。在天然酵母菌存在的地方，也有天然醋酸菌存在。发酵完成之时，酵母菌就被自己生成的酒精杀死了，但醋酸菌还能继续存活。

我放下电话，思忖的结果是决定背弃老师。我想看到"酝酿"的全过程。一天过后，酒果真开始发酸。最初是若有若无的轻柔酸气，几天之后，就势不可当地变成了彻头彻尾的醋。

我向酒绅士报告我的最终产品。他沉吟了一下说，已经变成醋的酒，是没有任何方法复原的。果醋也是葡萄的升华。

实事求是地说，葡萄醋味道不错，冰过之后兑水喝，有秋天的清香。

小口喝着自酿的葡萄醋，不知怎的联想到了幸福。幸福并不是与生俱来的，就像如果不经过酿造，葡萄和酒并不等同。对幸福的把握，需要学习，需要等待，需要时间和努力。很多人以为幸福和外部介入有关系，就像我以为酿酒一定要有酒曲，要有外力的促发。这个外来的介入物，要么是一笔偶然财富，要么是一个天降奇迹，要么是巧遇了一位贵人或是追求到一个爱人，要么是误打误撞莫名其妙的好运……

毋庸讳言，外界当然是有一些益于幸福发酵的颗粒存在，就像需要购买的酒曲。但请注意，好运气并不直接等同于幸福。每天做白日梦般期待外在的福祉，是年轻时很容易陷入的盲区。

请向一颗葡萄学习，它本身就携带着野生的酵母菌，一旦时机成熟，就会发酵成新的生命。人世间的俗常生活，也蕴藏着天然的幸福因子，白霜般黏结在生活的缝隙中。那就是我们对人世间的善良期望，是我们坚守勤劳的信念，是我们的真诚和友爱，是我们的努力和慈悲。只要有了这些，即使没有外来的助力，一样能创造出属于自己的幸福。需要的只是时间和持之以恒。这就是酝酿幸福的过程。

　　由于自己的不慎，导致了不幸时，我们常常会说——谁谁自己酿出了一杯苦酒。是不是可以反过来说，幸福也是自己酿的呢？有葡萄在，就有野生的酵母菌在；有生活在，就有天然的幸福因子在。只要努力，葡萄和我们都有希望走向升华。

第一眼看到狮泉河，瞬间即被震撼。

它的河床不很宽，闲散地躺在布满红柳的沙砾滩上，好似大战后失去血色有几分苍白的蟒蛇。它的河水也不很急，泛着细碎的涟花，仿佛那受伤的蟒，正在呻吟着休养生息，以图再战。

使我惊讶的是它的纯净，水的一种至高无上的状态。当你看到一小管蒸馏水的时候，会惊讶它的透彻和洁净；当你看到一瓶蒸馏水的时候，会叹息它的清爽和工艺；当你注视着一条滚滚而来的大河，在傍晚和黎明探视它，排除阳光闪烁的金斑干扰的时候，你如同与一条通体透明的恐龙对视。洞穿它每一个漩涡的脏腑，分辨出每一块卵石的纹路，那一刻，你会感到水的至清无瑕是一种巨大的压迫与净化。

狮泉河的水是由高峰上万古不化的寒冰融化而成，那时候，还没有矿泉水、太空水这样雅而商业化的称呼，我们直呼它为冰川水。

在寒冷而不结冰的日子，狮泉河是温顺而峻峭的，如同一把银光闪闪的藏刀，锋利地切割着高原峡谷，蜿蜒向远。我查了地图，知道它流经国界之后，就成了大名鼎鼎的印度河，最终汇入印度洋。

我不知道它为什么叫狮泉河，问过很多人，都说，顾名思义呗，可能是狮子像泉水一样地跑过来，或者是河水像狮子一样地跑过去吧。

不论谁像谁，那狮子一定有着雪白的长长的鬃毛，跑动起来，好似雪雾掠过山巅；它愤怒的时候，吼声会引发连绵的雪崩。

在高原上阳光最充沛的日子，我们接到赴狮泉河畔抗洪的通知。我看看天，天是那种雪域特有的毛蓝色，如同"五四"后革命女生新做的旗袍，干爽平整，没有一丝乌云。太阳把亿万根金针，肆无忌惮地从高空镖射而下。我感到光芒从军装罩衣的缝隙刺进棉袄深处，使僵硬的老棉花里蕴藏的冷气，渐渐发酵酥胀。

"这样的天，怎么会发洪水呢？瞎指挥吧？"新兵的我，不知天高地厚地说。

老兵拎着铁锹，一路小跑说："你那是平原的皇历！在高原，越是有太阳，越是发洪水。水是阳光的孩子！快走吧！"

我这才恍然大悟。在阿里，有一条特殊规律——如果连续出现几个晴空万里的日子，你就要到狮泉河防洪。

当兵的人，洗被子是个大工程，除了费力，主要是缺乏工具。每个人只有一个小脸盆，洗一件军衣就爆满，泡沫横飞；若把被子塞进去，活似大象进了茶壶，涌得皂水四溢，泛滥成灾。我提议，单是洗，就在脸盆里凑合了；透水的时候，到狮泉河去。让河水这个天大的盆，把我们的军被冲刷一净。

我们的营地距狮泉河不过百余米，不一会儿就到了。当我们兴高采烈地把军被放到狮泉河里时，立即发现失算了。狮泉河绝不是一个温顺的女仆，它躁动着，在表面上虚怀若谷的水波下，掩藏着湍烈的暗流。军被一入水中，瞬间就被水流展开，好像一堵绿色堤坝，斜着立在水里，堵住了狂放不羁的冰川之水舒展的手臂。

我们用手攥着军被，手指上感到有巨大的冲击力，好像拽着一只大风筝，随时都会凌空而起。河水愤怒地冲撞着巨帘，军被膨胀成可怕的弧形，好像风暴中就要崩裂的船帆；河水幸灾乐祸地激起漩涡，戏耍地兜着我们的军被绕圈子，好像那是它抽打的一只只翠绿陀螺。我们感到了越来越大的吸引力，狮泉河在粗暴地邀请军被和它的主人，一道共赴水中央。

"姑娘们，快松手！否则会被卷进狮泉河的！"远处有人看到了我们的危险，大声叫道。

我们置之不理。真是开玩笑！一松手，被子就被龙王爷借走了，今晚盖什么？此刻已完全不幻想狮泉河免费帮我们漂洗被子了，最要紧的是在激流中把军事财产抢救回来。于是，我们拼命捏住仅剩在手中的被子角儿，好似那是网绳。被子像大鱼，不安分地甩动着。手被泡得发白，指甲因为用力和寒冷，已变得青紫，渐渐地失去知觉；骨节因为负重和要命的扭转，已肿胀如镯。

眼看单凭手的力量，无法和内力深厚的河水抗衡。随着时间的推移，手指渐酥，气力越来越小，眼看就攥不住了，被角一丝丝地从指缝拔出，马上就会漂逸而去。不知是谁喊了一句："看我的！"眼瞧着她的被子就像被施了魔法，"嗖"一下就脱离了险境，朝岸上卷去。我赶忙一眼瞟去，学习先进经验。原来那女孩跳进了岸边的浅水里，把军被缠在了腰上，下半身水淋淋的，终于控制住了局势，狮泉河再猖獗，一时也卷不动百八十斤重的人，被子就虎口脱险了。

我们都忙不迭地照此办理，不一会儿，一一化险为夷。站在岸边，抱着被子，任狮泉河水从被角和裤脚流淌不息。

赶来援救的老兵们说："我们这些汉子都不敢让狮泉河帮着洗衣服，知道它暴烈无比。你们这些女娃啊，怎么比男人还懒！"

我们把被子放进脸盆，嘻嘻哈哈地往回走。刚开始所有的脚印都是湿的，且淋漓模糊巨大无比。走过红柳滩，沙包舔走了一些水分，脚印就只剩下半截，好像一种奇怪的小兽在奔逃。大家都说，今天的被子洗得真干净！仔细端详，军被的绿色，已被激流抽打出一缕缕白痕。

狮泉河结冰，如梦如幻。

那是一日清晨，我们按照惯例，到狮泉河边出操。走着走着，就觉得异样。狮泉河寂静无声，好像已经不复存在。平日的狮泉河大智若愚，也不好喧哗，但仍有一种男低音似的轻啸，在山谷中贴着巨石回荡。我们熟悉它，就像倾听高原的呼吸，此刻，怎么一夜间就无端地沉寂了呢？！

走到河边，大惊失色。狮泉河在骤然而至的严寒中，瞬间凝固。高高的水浪腾在空中，卷起优美的弧度，僵硬如铁；周围簇拥着迸溅的水珠，若即若离，与主浪以极细的冰丝相连，好像逃婚的孤女最后回眸家园。狮泉河被酷寒在午夜杀死，然而，它英勇地保持了奔腾的身姿，一如坚守到最后一分钟的勇士；它坚守了一条大河无往而不胜的气概，只是已粉身碎骨、了无声息。

我们被骇住了！无论从黄河长江还是更冷的东北来的兵，都说从未见过这种奔腾中凝固的奇观。我怯怯地走过去，轻轻地抚摩着波浪。它冷硬尖锐、千姿百态的曲线，流畅无比，滑润若骨；浪尖绝非平日所见那般柔软，简直可以说是很锋利的，如短剑一般直指前方，切割着严寒，触之铿然有声。不一会儿，手指就像五根空中钢管，把脏腑的热气偷漏给了冰浪。那朵吸走了我体温的浪花，姿容不改，只是花心沁了一点点雾气，显出晶莹的朦胧。

是的，平原上的人，难得有机会抚摩到如此坚实的浪花，它钢筋铁骨，铮铮作响。平日我们在海边探着手指，沾了一手水，自以为抚摩浪花的时候，浪花其实早已冷漠地却步抽身了。我们摸到它蜕下的壳，至多只能算是它的背影甚至残骸了。

狮泉河的支流，是一条条自雪山而下的小溪。在温暖的季节，它们匍匐在石缝里，并没有一定的河道，肆意流窜着，好像撒欢的野鼠。下乡巡回医疗的救护车，常常会陷在这样的水流里，前进不得，后退不得，引擎徒劳地轰鸣着，在山谷中发出空旷的回声。

"姑娘们，你们到远处的岸上歇着吧。"同行的老医生边挽着袖子，边向我们挥手说。看来得下水推车了。

"我们不走，为什么要赶我们走呢？多一个人不是多一份力量吗？"我们不走，也跟着挽袖子。

"狮泉河是不喜欢女人的，所以，你们必须得走。"老医生不容置疑地命令。

没办法啊，当兵就是这个样子，每个老兵都好像你的再生父母，你必须服从。

我们几个女孩子，愤愤地向远处走去。脚都酸了，认为走得够远了（高原是很容易疲乏的），刚要停下来，一直用眼光监视着我们的老医生，大声地喊道："不行，太近了，还得走。走得越远越好！"

我们只好沿着小溪向上游走去，走几步，停一停，直到老医生不再用声音的鞭子驱赶我们。这时回过头去，只见人已小得像苍穹下的一颗绿豆。

你们怎么推车呢？我们呆呆地看着流动的河水，天渐渐地黑下来，河水变得更加冷蓝了。

噢，原来男人们都把衣服脱下，下河推车了……我们几个女孩子，谁也不再说话，只是把手伸进黄昏的河水，感受到手指的麻木，一寸寸地从指甲向胳膊根儿处蔓延，用这种愚蠢的行为，和战友同甘共苦。也许，我们的体温会使冰冷的狮泉河水提高一点温度，当它流到下方的时候，会使推车的人，少受些寒冷？

我在西藏阿里军分区工作了十一年，狮泉河流经我的整个青年时代，它清澈澄净，洗涤着我的灵魂。

在这个物欲喧嚣的世界上，我怀念那种纯净的水。纯净而有力量，是很高的境界。复杂常常使人望而生畏，很多种因素混合在一起，叫人摸不着底细，以混浊佯作高深。我不知道狮泉河是不是世界上海拔最高的河，但我想它的透明和清澈，该是在地球上名列前茅的。当我默默地站在它的一侧，凝视着它的时候，我会感到一种伟大的包容和冲决一切的勇气。

人的精神是从哪里来的？我以为很大一部分，甚至关键性的启示，是从大自然而来。人在年轻的时候，能够和自然如此贴近，远离城市，孤独地走进大自然的怀抱，你会在一个大的恐怖之后，感到大的欣慰；你会感到一种力量，从你脚下的大地和你头上的天空，从你身边的每一棵草和每一滴水，涌进你的头发、睫毛、关节和口唇……你就强壮和智慧起来。

读书也会使我们接触到这些道理，但是，我们记不住它。大自然是温和而权威的老师，它羚羊挂角、不露声色地把伟大的关于生命和宇宙的真理，灌输给我们。

你在城市里，有形形色色的传媒，有四通八达的因特网，有权威的红头文件和名不见经传的小道消息，摩肩接踵；你几乎以为你无所不能，你了解了整个世界。但是，且慢！在人群中，你可能了解地球，但你永远无法真正逼近什么是宇宙这样终极的拷问。

你必得一个人和日月星辰对话，和江河湖海晤谈，和每一棵树握手，和每一株草耳鬓厮磨，你才会顿悟宇宙之大、生命之微、时间之贵、死亡之近。我认为在很年轻的时候，有机缘迫近这番道理，是一大幸运。你可以比较地眼界高远，比较地心胸阔大，比较地不拘一格，比较地宠辱不惊。

人是自然之子，无论上山下乡在历史上做如何评价，它把无数城市青年驱赶放逐到自然与社会的最原始状态，使这些人在饱尝痛苦的同时，深刻地感受到了自然的博大与森严。

03 所有的动力都来自内心的沸腾

一个人躺在地上，如果他不想起来，那么十个人也拉不起他来，即使起来了，他也会马上趴下。

所有的动力都来自内心的沸腾。如果你做不到一件事，无论是搞好关系还是寻找爱人或者减肥，都是因为你还没有真正想做。

这是一个很有意义的心理小游戏。来，召集起十来个人，然后找一个人来扮演那个躺在地上的人。不用找体重特别沉的，那样容易影响咱们这个游戏的真实感。请这位朋友赖在地上，大家用尽全力把他拽起来。

我见过三十个人都拉不起一个人的情景。我本来在上文中想写这个数字，但又怕大家觉得太夸张了，就写了十来个人。这是千真万确的。只要你不想起来，没有人能把你拉起来。心理上的问题也是一样的，只要你没想通，你不是真的心服口服，那么，无论外界多么努力，都是劳而无功。

女子当妈妈，对待自己的孩子时，要记得这个游戏。他虽然小，也有自己的独立意志，你要把道理给他讲清楚，而且要让他明白这样做的目的是什么。有人会觉得孩子还小，没必要讲那么多。可是，成长是一个逐渐发生的过程，你不能在一颗幼小的心里种下强权的种子。以理服人而不是以力服人，这是从小就要养成的习惯。

你举目四望，很容易就能发现：很多人生理上的需求得到了满足，但他们仍然不满意，奔突不止，躁动不宁，缺少一种能使他们生机勃勃的动力，欠缺稳定祥和。像这样缺少主动性的生活，无论表面上多么风光，都是不值得羡慕的。

那种使自己变得生机勃勃的动力是什么呢？谁来回答你呢？谁来帮你寻找呢？谁为你一锤定音？没有别人，只有你自己。只有当理想的光芒照耀着我们，而且它和广大人群的福祉相连，我们才会有大的安宁和勇气。

你可曾体会到种子的疼痛？那种挣开包锁自己的硬壳，顶出板结的土壤的苦难，对一个柔弱的芽来说，可以说是顶天立地的壮举。一个人觉醒时的力量，应该大于一粒种子啊！

有些人把梦想变成现实，有些人把现实变成了梦想。关键是，你的梦想是什么，你为你的梦想做了什么。

有梦想，就不会寂寞。当你寂寞的时候，只要招招手，你的梦想就飞到了你身边。剩下的事，就是琢磨怎样把梦想变成行动了。

有一种天然的感觉，伴随我们一生。有人说，那是爱，其实不是。爱不是天生就具备的品德，是需要学习的。一个刚刚出生的婴儿，并不懂得爱，但他感到了自卑。哭声就是自卑的旗帜，那是对寒冷（相比于母体内的恒温）、对孤独（相比于母体内的依傍）的第一声惊恐的告白，也是被迫独立生活的宣言。这个景象挺有象征意义。人在强大的自然规律面前，没有法子不自卑。但是，人又不能被自卑打倒，人就是在同自卑的抗争中成长壮大起来的。

可以说，自卑是幸福的最大敌人。道理很简单，一个人若是时时事事都沉浸在自卑中，那他如何还能享受幸福？

所以，人不要被自卑打垮，而是要超越自卑。咱们先来找找自卑的反义词是什么。我小时候，很喜欢"找反义词"这类题目，在寻找中，你对原本的那个词有了更深入的了解，就像黑和白站在一起，一定显出黑的更黑、白的更白。只有在黑暗中，你才能看到所有的光。如果黑和灰站在一起，就容易混淆。

　　自卑的反义词是自信。自卑和自信，都有一个"自"，就是"自己"的意思。那么，自己对待自己，有什么不同呢？自卑的人，自己看不起自己；自信的人，自己相信自己。从这里入手，我们就找到了自卑和自信最显著的分水岭，那就是，一事当前，自信的人说，我能做这件事；自卑的人会说，我办不成这件事。

　　面对一生，自信的人说：我能成为理想中那样的人，我要掌握自己的命运。

　　自卑的人会说：我不能成为自己想成为的那样的人，我只能随波逐流，被外力摆布。

　　"自卑"这个词，平日里大家说得很多，但究竟什么是自卑呢？自卑有哪些表现呢？自卑为什么会成为幸福的大敌呢？

　　简言之，自卑就是有关自我的消极信念，影响了成长。

　　记得儿时读过《好兵帅克》这部小说，里面有个人物，特别喜欢追本溯源。比如，他说到窗户，就要说窗户是木头做的，他马上就会接下来解释，木头是树木，那树木又是从哪里来的呢？它们来自森林……现在我们谈到自卑，多少也陷入了这种论证的漫长小径。有点啰唆，请原谅。

　　自卑的人，充满了对自己的不良观念和不适宜的评价。自卑的要害是自我否定。看看"否"这个字，"口"上面是个"不"字，一个人一张口就吐出"不"来。人是需要说"不"的，不知道说"不"的人，一生太辛劳，完全丧失了自我。但是，如果一个人一辈子说"不"太多，尤其总是对自己说"不"，那就成了大问题。

最详细地论证了自卑这种情绪的是个体心理学的创始人阿德勒，他发现了一个自卑情结。

阿德勒是一位奥地利精神病学家，被称为"现代自我心理学之父"。他于 1870 年出生在维也纳的一个商人家庭，排行老二。家境富裕，家人都很喜欢音乐，按说这是一个丰衣足食的幸福环境，可是，童年的阿德勒一点也不快乐。为什么呢？原因来自他的亲哥哥。两人虽是一母所生，但哥哥高大健壮，活蹦乱跳，人见人爱，阿德勒却自小体弱多病，还是个驼背。他五岁那年，又生了一场大病，更让他身材矮小、面容丑陋。好在阿德勒很聪明，后来他考入大学，毕业后当了医生。由于自身的残疾，1907 年，他发表了有关由身体缺陷引发自卑的论文，从此声名大噪。他不赞成弗洛伊德的性决定论，强调社会文化因素在人格形成和发展中的决定性作用。他的主要观点是：追求卓越是人类动机的核心，而如何追求卓越，则取决于每个人独特的生活风格。追求卓越是一种天生的内驱力，使人力图成为一个没有缺陷的人、一个完善的人。人总是有缺陷的，由于身体或其他原因引发的自卑，能摧毁一个人，使人自甘堕落或得精神病。另一方面，它还能使人发愤图强，力求振作，以弥补自己的缺点。

比如说，古希腊的代蒙斯赛因斯（德摩斯梯尼），小时候患有口吃，可他迎难而上，刻苦锻炼，最后成了著名的演说家。美国的罗斯福，患有小儿麻痹症，但他最终成为美国总统。尼采身体羸弱，他就研究权力哲学，成了一代大哲学家。

假如天使到了你家，你会要求些什么？要些什么礼物？

其实人们的要求并不复杂。无非是家人的平安和团聚，足够的衣食温饱，然后就是游玩和快乐了，当然，还有创造。

也许有人会说，要这些凡俗的东西多么无趣啊，既然遇到了天使，就应该向他索要更多的金钱和美色……

乍一想，似乎也有道理。千载难逢的机会砸到了你脑袋上，为什么不狮子大张口，让这些平日你艳羡不止的东西多多益善，将自己包围呢？

好吧，就算有这样宽宏大量的小天使，给了你足够的金钱和美女，然后呢？天使飞走了，你还要继续过下去。你不断地消费金钱，快乐却一点点地减少。这是一条古老的法则——当什么东西充斥在我们周围、无穷无尽的时候，我们就飞快地麻木了。你和美貌的女子周旋，却不会得到爱情，因为没有一个有思想、有爱心的女子会爱上一个饭来张口、衣来伸手的酒囊饭袋。况且，说句有关生理卫生

的话，美女环绕，男性的生殖机能很快就会衰竭，这可是从帝王将
相那个时代就屡试不爽的。

　　总之，就像空气、水、盐一样，精神的必需品——爱、欢乐和团圆，
是非常朴素却须臾不可离开的。

　　我读心理学博士方向课程的时候，有一篇作业是研究"倾听"。刚开始我想这还不容易啊，人有两耳，只要不是先天失聪，落草就能听见动静。夜半时分，人睡着了，眼睛闭着，耳轮没有开关，一有月落乌啼，人就猛然惊醒，想不倾听都做不到。再者，我做内科医生多年，每天都要无数次地听病人倾倒满腔苦水，鼓膜都起茧子了，所以，倾听对我应不是问题。

　　查了资料，认真思考，才知差距多多。在"倾听"这门功课上，许多人不及格。如果谈话的人没有我们的学识高，我们就会虚与委蛇地听。如果谈话冗长烦琐，我们就会不客气地打断叙述。如果谈话的人言不及义，我们会明显地露出厌倦的神色。如果谈话的人缺少真知灼见，我们会讽刺挖苦，令他难堪……凡此种种，我都无数次地演过，至今一想起来，无地自容。

　　世上的人天然就掌握了倾听艺术的，可说凤毛麟角。

　　不信，咱们来做一个试验。

你找一个好朋友，对他说，我现在同你讲我的心里话，你却不要认真听。你可以东张西望，你可以搔首弄姿，你也可以听音乐、梳头发，干一切你忽然想到的小事，你也可以环顾左右而言他……总之，你什么都可以做，就是不必听我说。

当你的朋友决定配合你以后，这个游戏就可以开始了。你必须拣一件撕肝裂胆的痛苦事来说，越动感情越好，切不可潦草敷衍。

好了，你说吧……

我猜你说不了多长时间，最多三分钟就会鸣金收兵，无论如何也说不下去了。面对着一个对你的疾苦、你的忧愁无动于衷的家伙，你再无兴趣敞开襟怀。你不但缄口了，而且感到沮丧和愤怒。你觉得这个朋友愧对你的信任，太不够朋友，你决定以后和他渐行渐远，你甚至怀疑认识这个人是不是一个错误……

你会说，不认真听别人讲话会有这样严重的后果吗？我可以很负责地告诉你，正是如此。有很多我们丧失的机遇，有若干阴差阳错，有不少失之交臂的朋友甚至各奔东西的恋人，那绝缘的起因都是我们不曾学会倾听。

好了，这个令人不愉快的游戏我们就做到这里。下面，我们来做一个令人愉快的活动。

还是你和你的朋友。这一次，是你的朋友向你诉说刻骨铭心的往事。请你身体前倾，请你目光和煦。你屏息关注着他的眼神，你随着他的情感而起伏。如果他高兴你也报以会心的微笑，如果他悲哀你便陪着垂下眼帘，如果他落泪了你温柔地递上纸巾，如果他久久地沉默你也和他一样缄口不言……

非常简单,当他说完了,游戏就结束了。你可以问问他,在你这样倾听他的过程中,他感受到了什么?

我猜,你的朋友会告诉你,你给了他尊重,给了他关爱。给他的孤独以抚慰,给他的无望以曙光,使他的快乐加倍,让他的哀伤减半,你是他最好的朋友之一,他会记得和你一道度过的难忘时光。

这就是倾听的魔力。

倾听的"倾"字,我原以为就是表示身体向前斜着,用肢体表示关爱与注重,翻查字典,其实不然。或者说仅仅这样理解是不够全面的。倾听,就是"用尽力量去听"。这里的"倾"字,类乎倾巢出动、倾箱倒箧、倾盆大雨……总之殚精竭虑,毫无保留。

可能有点夸张和矫枉过正,但倾听的重要性我认为必须提到相当的高度来认识,这是判断一个人心理是否健康的重要标志之一。人活在世上,说和听是两件要务。说,主要是表达自己的思想情感和意识,每一个说话的人都希望别人能够听到自己的声音。听,就是接收他人描述内心想法的信息,以达到沟通和交流的目的。听和说像是鲲鹏的两只翅膀,必须协调展开,才能直上九万里。

现代社会飞速地发展,人的一辈子不再是蜷缩在一个小村或小镇,而是纵横驰骋、漂洋过海;所接触的人不再是几十一百,很可能成千上万。要在相对短暂的时间内,让别人听懂你的话,并且在两个头脑之间产生碰撞,这就变成了心灵的艺术。

现今鼓励青年的励志书很多,教你怎样展现自我优点,怎样在第一时间给人一个好印象，怎样通过匪夷所思的面试，怎样追逐一见钟情的异性……都有不少绝招。有人就觉得人际交往是一个充满了技术的领域，是可以靠掌握若干独门功夫就能游刃有余的领域。其实，享有好的人际关系，学会交流，听比说更重要。

从人的发展顺序来看，我们是先学着听。我之所以用了"学着"这个词，是指如果没有系统地学习，有的人可能终其一生都没能学会如何"听"。他可以听到雪落的声音，可他感觉不到肃穆；他可以听到儿童的笑声，可他感受不到纯真；他可以听到旁人的哭泣，却体察不到他人的悲苦；他可以听到内心的呼唤，却不知怎样关爱灵魂。

从婴儿开始，我们就无意识地在听，听亲人的呼唤，听自然界的风雨，听远方的信息，听社会的约定俗成。这是一种模糊的天赋，是可以发扬也可以湮灭的本能。有人练出了发达的听力，有人干脆闭目塞听。有很多描绘这种状态的词，比如充耳不闻、置若罔闻；对"闻"还有歧视性的偏见，比如百闻不如一见。

听是需要学习的，它比说更重要。如果我们没有听到有关的信息，我们的"说"就是无的放矢。轻率的人容易下车伊始就叽里呱啦地说，其实沉着安静地听，更是人生的大境界。

只有认真地听，你才能对周围有更确切的感知，才能对历史有更准确的把握，才能把他人的智慧集于己身，才能拓展自己的眼界和胸怀。

读书是一种更广义的倾听。你借助文字，倾听已逝哲人的教诲。

你借助翻译，得知远方异族的灵慧。

倾听使人生丰富多彩，你将不再囿于一己的狭隘，潜入浩瀚的深海。倾听使人谦虚，知道山外有山、天外有天。倾听使人安宁，你知道了孤独和苦难并非只降临你的屋檐。倾听使人警醒，你知道此时此刻有多少大脑飞速运转，有多少巧手翻飞不息。

倾听是美丽的，你因此发现世界是如此五彩缤纷。倾听是一种幸福的表达，因为你从此不再孤单。

倾听是分层次的。某人在特定的时刻讲了特定的话，只有当我们心静如水，才能听到他的话外音。年轻人最易犯的毛病是，他明白所有倾听的要素，也懂得做出倾听的姿态，其实他在想着自己待会儿要说的话。他关注的不是述说者，而是自己。"佯听"是很容易露馅的，只要他一开口讲话，神游天外的破绽就败露了。两个面对面述说的人其实是最危险的敌人，一切都被心灵记录在案。

倾听是老老实实的活儿，来不得半点虚假和做作，倾听是对真诚直截了当的考验。所以，如果你不想倾听，那不是罪过。如果你伪装倾听，就不单是虚伪，而是愚蠢了。

当我深刻地明白了倾听的本质而不是仅仅把它当成讨好的策略后，倾听就向我展示了它更加美丽的内涵，它无处不在，与生活息息相关。如果你谦虚，以万物为师长，你会听到松涛海啸、雪落冰融，你会听到蚂蚁的微笑和枫叶的叹息。如果你平等待人，你的耐心就有了坚实的基础，你可以从述说者那里获得宝贵的馈赠，这就是温暖的信任。

　　年轻的朋友们，让我们学会倾听吧。当你能够沉静地坐下来，目光清澄地注视着对方，抛弃自己的傲慢和虚荣，微微前倾你的身体，那么你就能听到心与心碰撞的清脆音响，宛若风铃。

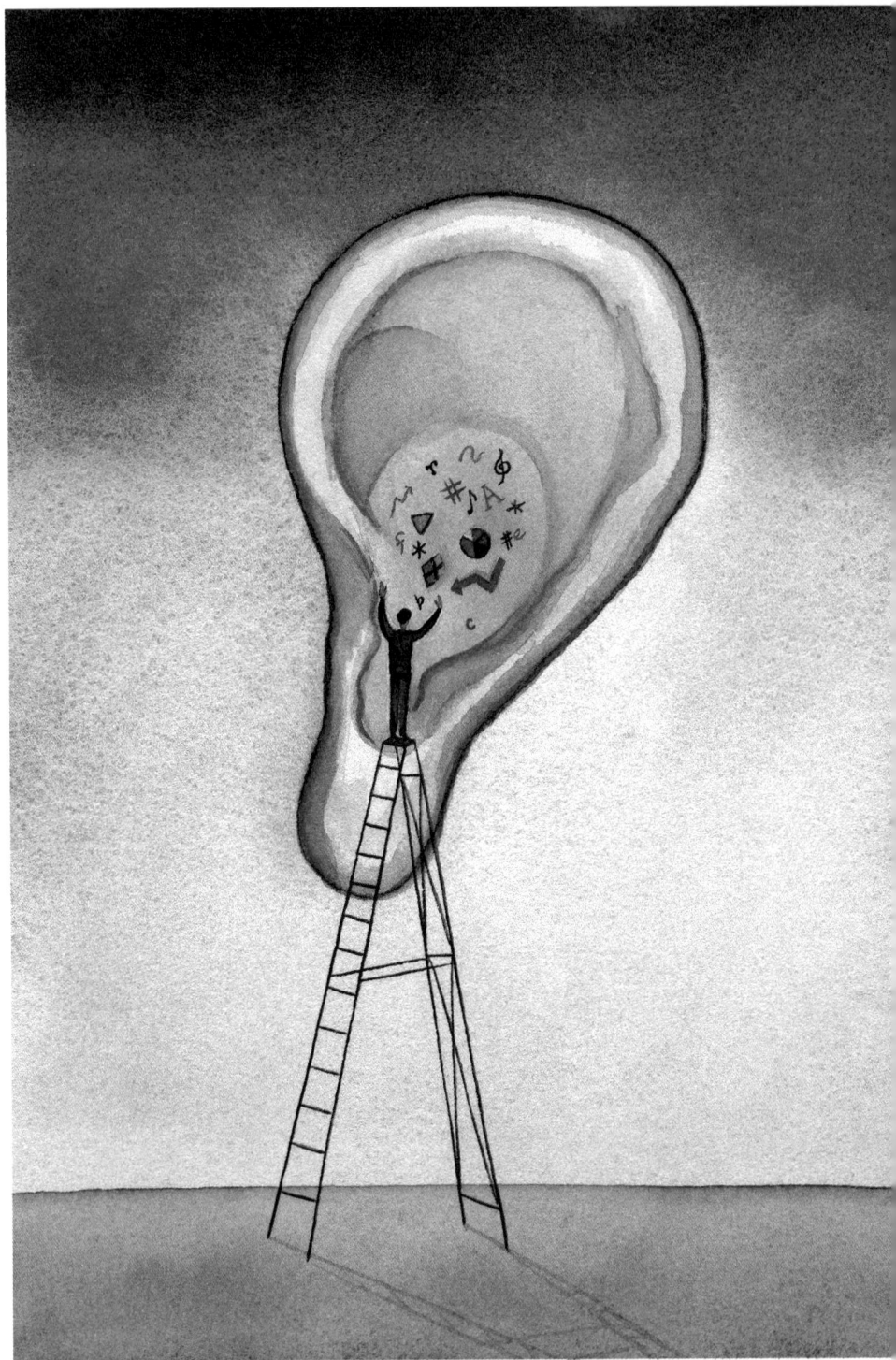

购买
一个希望

那年在国外，看到一个穷苦老人在购买彩票。他走到彩票售卖点，还没来得及说话，工作人员就手脚麻利地在电脑上为他选出了一组数字，然后把凭证交给他。他好像无家可归，没有什么固定的目标要赶赴，买完彩票，就在一旁呆呆站着。我正好空闲，便和他聊起来。

我问，你为什么不亲自选一组数字呢？

他说，是我自己选的。我总在这里买彩票。工作人员知道我要哪一组数字。只要看到我走近，就会为我敲出来。

我说，那你每次选的数字都是一样的喽？

他说，是的。是一样的。我已经以同样的数字买了整整四十年彩票。每周一次，购买一个希望。

我心中快速计算着，一年就算五十二周，四五二十，二五一十……然后再乘以每注彩票的花费……天！我问道，你中过吗？

他突然变得忸怩起来，喃喃说，没中过。有一次，大奖和我选的数字只差一个。

我说，那以后，你还选这组数字吗？

他很坚定地说，选。

我说，我是个外行，说错了你别见怪。依我猜，以后重新出现这组数字的概率是极低的，更别说还得有一个数字改成符合你的要求。

他说，你说得对，是这样的。

我就愣了。他衣衫褴褛面容憔悴。买彩票的钱虽然不多，但周复一周地买着，粒米成箩，也积成了不算太小的数目。用这些钱，为什么不给自己买一身蔽寒的衣服，吃一顿饱饭呢？再说，固执地重复同一组数字，绝不更改，实在也非明智之举。

我不忍伤他的心，又不知说什么好，只有久久地沉默了。过了一会儿，他主动开口说，你一定很想知道那是一组什么样的数字吧？

我点头说，是啊。

他有些害羞地说，那是我初恋女友的生辰数字。每周我下注的时候，都会想起她，心中就暖和起来。

我说，那到了开奖的时候，你知道自己没中，会不会心中寒冷？

他笑了，牙齿在霓虹灯下像糖衣药片一样变换着色彩。他说，不会。我马上又买新的一轮彩票，希望就又长出来了。我很穷，属于穷人的希望是很有限的。用这么少的钱，就能买到一个礼拜的快乐，这种机会，在这个世界上，实在是不多。更不用说，那个数字还寄托着我的回忆。如果我选的这组数字中大奖，她一定会注意到的，因为那是她的生辰啊。紧接着她会好奇是谁得了这份奖金，于是就

能看到我的名字。她立刻就会明白我这一辈子没有忘记她，而且我
有了这么多的钱，她也许会来找我……

　　老人说完，就转过身，缓缓地走了。

　　后来，我把这个真实的故事讲给很多人听。每个人听完后都会
长久地沉默，然后说，真盼望他中奖啊！

　　心在水中。水是什么呢？水就是关系。关系是什么呢？关系就是我们和万物之间密不可分的羁绊。它们如丝如缕、百转千回，环绕着我们，滋润着我们，浸育着我们，推动着我们；同时，也制约着我们，捆绑着我们，束缚着我们，缠绕着我们。水太少了，心灵就会成为酷日下的撒哈拉。水太多了，堤坝溃塌，如同 2005 年夏的新奥尔良，心也会淹得两眼翻白。

　　人生所有的问题，都是关系的问题。在所有的关系之中，你和你自己的关系最为重要。它是关系的总脐带。如果你处理不好和自我的关系，你的一生就不得安宁和幸福。你可以成功，但没有快乐。你可以有家庭，但缺乏温暖。你可以有孩子，但难以交流。你可以姹紫嫣红宾朋满座，但却不曾有高山流水患难之交。

　　你会大声地埋怨这个世界，殊不知症结就在你自己身上。

　　你爱自己吗？如果你不爱自己，你怎么有能力去爱他人？爱自己是最简单也是最复杂的事情。它不需要任何成本，却需要一个无畏的灵魂。我们每个人都是不完满的，爱一个不完满的自己是勇敢者的行为。

处理好了和自己的关系，你才有精力和智慧去研究你的人际关系，去和大自然和谐相处。如果你被自己搞得焦头烂额，就像一个五内俱空的病人，哪里还有多余的热血去濡养他人！

在水中自由地遨游，闲暇的时候挣脱一切羁绊，到岸上享受晨风拂面，然后，一个华丽的俯冲，重新潜入关系之水，做一条鱼在波涛下微笑。

　　一位悠闲的老人，守候在闹市区一条繁华的马路上。无数的行人从他身边匆匆掠过，如同群群鸥鸟飞越搁浅的轮船。老人睿智的目光巡视着众人的脸庞，不断地轻轻叹息。偶尔他会走到某位行人的面前，有礼貌地拦住他，悄声地说一句什么话，然后把一样东西塞进那人的手里，微笑着离开。

　　深夜了，老人回到一家俱乐部，对负责人说，我已经对每一个我确认的人，发放了奖金。

　　这是怎么回事？

　　原来这家富裕的俱乐部突发奇想，拿出了一大笔钱，委派对人的表情很有研究的专家，到城市最繁华的地带守候一天，由专家判定的每一位快乐的人，会得到一笔奖金。

　　负责人说，嗯，你做得很好。只是，我猜想，那笔钱一定不够吧？

　　老人说，我连那些钱的一个零头都没有用完。整整一天，成千上万的人经过我面前，但是我能确认他是快乐的人，只有22名。

　　当我第一次看到这份资料的时候，十分诧异。正常人当中，快乐的人是如此稀少吗？当我带着这团疑问，开始观察周围的时候，才发现，答案果然令人震惊。围绕我们的，多是惆怅的脸、忧郁的脸、焦灼的脸、愤懑的脸、谄媚的脸、悲怆的脸、呆板的脸、苦恼的脸、委屈的脸、讨好的脸、严厉的脸、凶残的脸……

　　快乐的脸如此罕见，仿佛黄梅季节的阳光。快乐的脸不是孤立无援的面具，在它的后面，是一颗快乐的心在支撑。快乐的奖无法发放，真是一个悲剧。

　　我期待着有一天，到处是由衷的快乐的欢笑的美好的脸，让那家俱乐部，发奖发得破了产。

10 | 九芒星的钥匙

有一个古老的传说，在宇宙中有一颗闪着九束霞光的星星，叫作九芒星。九芒星是天堂的所在，人类如果最后抵达了那里，就会健康快乐，充满力量。九芒星有一枚钥匙，当众神缔造完了人类的那天傍晚，他们聚在一起，商量着究竟把这枚伟大的钥匙藏在哪里。既不能让人类很轻易地找到，也不能让人类总也找不到，永远浸泡于痛苦之中。

争论半天。有的说，把九芒星的钥匙扔入大海之峡；有的说，埋在雪山之巅；有的说，干脆裹进太阳的肚子里……但众神一想，这些地方随着人类科技的发达，总是可以找到的。讨论了很久，最后众神统一了意见，把九芒星的钥匙种在一个最好找又最不好找的地方——人类的心田。

众神很得意。这个地方，人类在最初的时候，是绝对想不起去寻找的。当他们搜遍天空海洋的每一朵云彩和每一粒水珠，踩踏了地球上的每一寸土地，还未曾找到天堂的钥匙的时候，也许他们会惆怅而思索地低下头来，察看自己的内心吧？

在每个人的星空，都有一颗九芒星。在每一颗九芒星的上面，都建有一座快乐的天堂。在每一座天堂的墙壁上，都镶着一扇需要打开的门。在每个人的心中，都藏着一枚九芒星的钥匙。

寻找你的九芒星钥匙吧。找到了，快乐和力量就像瀑布，从此充满了你的血脉。

11 | 冒每天都

　　"衰老很重要的标志，就是求稳怕变。所以，你想保持年轻吗？你希望自己有活力吗？你期待着清晨能在对新生活的憧憬中醒来吗？有一个好办法啊——每天都冒一点险。"

　　以上这段话，见于一本国外的心理学小册子。像给某种青春大力丸做广告。本待一笑了之，但结尾的那句话吸引了我——每天都冒一点险。

　　"险"有灾难、狠毒之义。如果把它比成一种处境、一种状态，你说是现代人碰到它的时候多呢，还是古代甚至原始时代碰到它的机会多呢？粗粗一想，好像是古代多吧？茹毛饮血刀耕火种的，危机四伏。细一想，不一定。那时的险多属自然灾害，虽然凶残，但比较单纯。到了现代，天然险这种东西，也跟热带雨林似的，快速稀少，人工险增多，险种也丰富多了。以前可能被老虎毒蛇害掉，如今是坠机车祸失业污染之伤。以前是躲避危险，现代人多了越是艰险越向前的嗜好。住在城市里，反倒因为无险可冒而焦虑不安。

一些商家，就制出"险"来售卖，明码标价。比如"蹦极"这事，实在挺惊险的，要花不少钱，算高消费了。且不是人人享用得了的，像我等体重超标，一旦那绳索不够结实，就不是冒一点险，而是从此再也用不着冒险了。

穷人的险多呢，还是富人的险多呢？粗一想，肯定是穷人的险多，爬高上低烟熏火燎的，恶劣的工作多是穷人在操作，就是明证。但富人钱多了，去买险来冒，比如投资或是赌博，输了跳楼饮弹，也扩大了风险的范畴。这就不好说谁的险更多一些了。看来，险可以分大小，却是不宜分穷富的。

险是不是可以分好坏呢？什么是好的冒险呢？带来客观的利益吗？对人类的发展有潜在的好处吗？坏的冒险又是什么呢？损人利己夺命天涯？

嘿！说远了。我等凡人，还是回归到普通的日常小险上来吧。

每天都冒一点险，让人不由自主地兴奋和跃跃欲试，有一种新鲜的挑战性。我给自己立下的冒险范畴是：以前没干过的事，试一试。当然了，以不犯法为前提。以前没吃过的东西，尝一尝，条件是不能太贵，且非国家保护动物。（有点自作多情。不出大价钱，吃到的定是平常物。）

目标定下，即有蠢蠢欲动之感。可惜因眼下在北师大读书，冒险的半径范围较有限。清晨等车时，悲哀地想到，"险"像金戒指，招摇而靡费。比如到西藏，可算是大众认可的冒险之举，走一趟，费用可观。又一想，早年我去那儿，一文没花，还给每月六元的津贴，因是女兵，还外加七角五分钱的卫生费。真是占了大便宜。

车来了。在车门下挤得东倒西歪之时，突然想起另一路公共汽车，也可转乘到校，只是我从来不曾试过这种走法，今天就冒一次险吧。于是抽身退出，放弃这路车，换了一条新路线。最后七绕八拐，挤得更甚，费时更多，气喘吁吁地在差一分钟就迟到的当儿，闯进了教室。

不悔。改变让我有了口渴般的紧迫感。一路连颠带跑的，心跳增速，碰了人不停地说对不起，嘴巴也多张合了若干次。

今天的冒险任务算是完成了。变换上学的路线，是一种物美价廉的冒险方式，但我决定仅用这一次，原因是无趣。

第二天冒险生涯的尝试是在饭桌上。平常三五同学合伙吃午饭，AA制，各点一菜，盘子们汇聚一堂，其乐融融。我通常点鱼香肉丝、辣子鸡丁类，被同学们讥为"全中国的乡镇干部都是这种吃法"。这天凭着巧舌如簧的菜单，要了一客"柳芽迎春"，端上来一看，是柳树叶炒鸡蛋。叶脉宽得如同观音净瓶里洒水的树枝，还叫柳芽，真够谦虚了。好在碟中绿黄杂糅，略带苦气，味道尚好。

第三天的冒险颇费思索。最后决定穿一件宝石蓝色的连衣裙去上课。要说这算什么冒险啊，也不是樱桃红或是帝王黄色，蓝色老少咸宜，有什么穿不出去的。怕的是这连衣裙有一条黑色的领带，好似起锚的水兵。衣服是朋友所送，始终不敢穿的症结正因领带。它是活扣，可以解下。为了实践冒险计划，鼓足了勇气，我打着领带去远航。浑身的不自在啊，好像满街筒子的人都在端详议论。仿佛在说：这位大妈是不是有毛病啊，把礼仪小姐的职业装穿出来了？极想躲进路边公厕，一把揪下领带，然后气定神闲地走出来。但为了自己的冒险计划，我咬着牙坚持了下来。走进教室的时候，同学友好地喝彩，老师说，哦，毕淑敏，这是我自认识你以来，你穿的最美丽的一件衣裳。

三天过后，检点冒险生涯，感觉自己的胆子比以往大了一点。有很多的束缚，不在他人手里，而在自己心中。别人看来微不足道的一件事，在本人，也许已构成了腱鞘般的裹挟。突破是一个过程，首先经历心智的拘禁，继之是行动的惶惑，最后是成功的喜悦。

　　人类正在经历有史以来最独特的一个阶段，也可以说是"五千年未有之变革"。嘿！岂止是五千年，简直就是自打人类从树上爬下来之后，五十万年甚或两百万年以来从未有过的奇特阶段。

　　这就是我们生存的威胁，已经不再是祖先们最恐惧的风霜雨雪等自然灾害，也不再是布帛菽粟的温饱问题，而是来自人类亲手制造的核灾难和心理樊笼。这是我们第一次面临人的心灵广泛起到主导作用的阶段，是人类自身演变进程的关键时刻。

　　我们面对的最大矛盾是，痛由心生。

　　饭吃饱了，是好事还是坏事呢？当然是好事了。没有尝过饥饿滋味的人，是很难体会到那种极度低血糖带给人的虚弱，具有多么恐怖和濒死的感觉。那个时候能得到一块干粮，简直就是无与伦比的幸福。如果是一块香喷喷的烤肉，更是咫尺天堂。

　　饥饿是强大的。当饥饿不存在的时候，很多痛彻心肺的欢乐也一去不复返了（这里的痛，要作痛快来理解）。旧的欢乐走了，要有新的欢乐顶上来。否则，人就被剥夺了幸福的重要源泉。

每个人，要为自己建立起快乐的生长点。这是你在新形势、新阶段的新任务。你不能仅仅满足于食物带来的快乐，也不能满足于性本能带来的快乐。那都是动物的本能，虽然不能一笔抹杀，但人毕竟和动物是有重大区别的。

生物的快乐是永远存在的，不过，它们其实是很节制的。比如，你的胃，容量就很有限。我曾亲眼在临床上见到过因为吃得太多，而把胃撑爆裂的病人，极其凄惨。我本来以为胃是很结实的器官，而且到了满溢的时刻，就不会接纳更多的食物。其实不然。因为一下子涌进了大量食物，胃就丧失了蠕动的功能，停滞在那里，好像一个懈怠了的橡皮口袋。如果事情局限在这个地步，还不是最糟，要命的是吃进去的食物，在体温的作用下开始发酵，产生了大量的气体。这时的胃就膨胀起来，变成了一个气球。产气越来越多，气体终于把胃给撑炸了。当我们用手术刀打开患者腹部的时候，看到的是满肚子白花花的大米饭。我们把破裂的胃切除了，用大量的生理盐水清理腹腔，把那些完全没有消化的大米粒从肝胆的后面和肠子的表层冲洗下来，好像在洗一堆油腻的锅碗瓢盆……手术持续了很长时间，我们多么希望能挽救这个人的生命啊。然而，那些米饭带有大量的病菌，它们污染了洁净的腹腔，让这个人生了极重的败血症，最终逝去。

可见，一个人能吃进肚子的食物，实在是有限度的。

再说那个令人颇感兴趣的"性"。性的物质基础是性器官。当我学习性器官的功能时，接触到一个词，叫作"绝对不应期"。这个医学术语是什么意思呢？

面对一块活体的肌肉，你用电极棒刺激一下，它就反射性地弹跳一下，对你的刺激发生反应。你加快刺激的频率，它的反射也就增快增密。但是，这不是可以无限玩下去的游戏。当你的刺激变得更加频密的时候，肌肉反倒一动不动了。老师说，这组肌纤维进入了"绝对不应期"。任你如何加大刺激的强度，它就是呆若木鸡，毫无反应。用一句通俗点的话来说，肌肉罢工了！

肌肉什么时候复工呢？不知道。理智无法操纵肌肉的规律，除非它休息好了，自愿上工。不然，除了等待，你是一点法子也没有。

老师说，在人体所有的肌肉组群中，男性生殖器的肌肉和心肌的绝对不应期是最长的。为什么，你们知道吗？

学生们回答说，心肌如果没有足够的休息，无论什么刺激来了都反应一番，心脏就乱跳起来，会发生纤维性颤动，人体的发动机就废了。

老师说，回答得很好。那么，生殖器的肌肉为什么也要那么长的休息时间呢？

那时我们都很年轻，实在不知道这个问题如何回答为好，面面相觑。

老师说，性可以被用来压抑死亡焦虑。医学不得不承认性的诱惑具有某种极为神奇的力量，是一个强大的避风港，在短时间内可以对抗焦虑。在性的魔力之下，人会陶醉其中。不过，因为生殖器官不是单纯为了给人狂喜的器官，它肩负着繁衍后代的责任。这个工作太辛苦了，所以，它就给这个活动包了一件快乐的外衣，如同药丸外面的那层糖皮。你若是为了糖衣而不停地吃药，一定会把你吃坏。所以，生殖器的肌肉就有了显著的绝对不应期。

但是，请谨记——性绝不是全部。医学教授谆谆告诫，这显然已经超过了医学的范畴。他说，年轻人啊，如果你把性当成了人生的唯一要务，那么，不但身体不能允许，而且在一切如潮水般消退之后，遗留下来的是无比凄凉和无意义的感觉，世界变得庸俗和单一。尤其是杂交，虽然可以向寂寞的人提供短暂而强大的舒缓，但这必然是饮鸩止渴。

我至今不知道这是不是有科学证明的权威说法，但人的生殖系统绝不是贪得无厌的蠢货，这一点我绝对相信。

既然食欲和性欲带给我们的快乐都是有定量的，那我们到哪里去寻找取之不尽、用之不竭的快乐呢？

只有精神领域的探索是永无止境的，它能提供的快乐也是最高质量的快乐。

飘扬的长发与人生的幸福

我接到一封读者来信，是一个名牌大学的男生写来的。他说恋爱过程连战累挫，女友抛弃了他，他很痛苦，简直丧失了活下去的勇气。他问我拯救自己的方式是否是马上进入下一场恋爱。他以前的每一位女友都有飘逸的长发，都是一见钟情。他说："我还要找拥有一头长发的女孩，还要一见钟情。"

通常的读者来信，我是不回的，但这一封让我沉吟。他谈到了厌世和一个我不能同意的救赎自我的方法，我想对长发谈点看法，因为长发形成了一种绝望与新生的象征。

早年间，看到很多女孩留长发，司空见惯了，也不去寻找这后面所包含的信息。后来，我偶然发现一位已婚女友的发式常有变化，有时是长发，有时是短发。刚开始我以为这是她出于美观或是时尚的考虑，后来她告诉我这和她的婚姻状况有关。如果这一阶段她和丈夫关系不错，她就留短发。如果关系很僵，她就留长发。我说："哦，我明白了，头发和爱情密切相关。"她笑话我："亏你还是个作家呢，难道不知头发是人的第三性征？"

后来，我见到她梳起了马尾巴。说实话，那一头飘扬的长发（她的头发不错）和她满脸的皱纹实在是有些不宜。好在我已明白了头发的意义，对她说："你是下定了离婚的决心，要重新寻找新的伴侣了。"

她有些惊奇，说："我还没来得及告诉你，你怎么就知道了？"

我说："是你的头发出卖了你。"她抚摸着头发说："这是爱情的护照。"

从那以后，我就对长发留意起来。

女性的头发样式表示她的婚姻状况，这是一种集体无意识，已经深深地刻在我们的骨骼上了。女孩子为什么要留长发？首先因为一个人的头发是一个很好的"晴雨表"，可以反映这个人的健康状况。在中医学里，称"发为血之余"。一个人的头发是否健康，表示着他的血脉是否丰沛充盈，生命力是否蓬勃旺盛。服饰可以调换，颜面可以化妆，但一个人的头发，是不能完全改变的。血自骨髓来，骨髓是一个人先天后天的精华之府。骨髓的后面是肾，"肾主骨生髓"，这才是关键所在。众所周知，在东方人的文化中，肾并不仅仅是一个泌尿器官，而是和人的生殖系统有着极为密切的关系。

好了，现在我们已经逐渐涉及了问题的核心。长发在某种意义上，表达的是这个人肾的健康状况，也间接地反映着他的生殖潜能。当你以为只是展示你飘扬的长发的时候，你其实是在暴露你的健康情况。

所以，一般说来，未婚的和期望求偶的女子爱留长发。如果一个未婚女孩留个短发，大家就会说她像个假小子。女子在结婚的时候，会把头发来一个改变。正如那首著名的歌曲中唱到的："谁把你的长发盘起，谁为你做的嫁衣？"

如今，对女子头发的要求是越来越苛刻了。君不见某些品牌的洗发水广告，拍出的长发美女，那头发的长度已经到了一挂黑瀑布的境地。画面曲折表达的意思是：你想赢得性感高分吗？请向我看齐。潇洒到形销骨立的刘德华干脆说："我的梦中情人，有一头长发。"潜台词即是：你想成为著名歌星的梦中情人吗？此处有一个绝好的机会——请用我们这个牌子的洗发水吧！

这种要求渐渐全方位起来。比如，男性组合 F4 的走红，除了其他因素，我觉得和他们形象中的一头长发有相当大的关系。不单男性需要知道女性的健康和性征，女性也有同样的要求。女性潜在的平等诉求被察觉和被满足，于是蓬松长发的 F4 一炮走红。

我就头发不厌其烦地讨论了半天，是想说明"性"这个因素，是仅次于"食"的人类本能之一，它的影响力不可低估。它在很多时候，渗入我们生活的种种缝隙中，以"缘分"甚至是"思想"这类面孔闪亮登场。

再来说说"一见钟情"。我是医生出身，见过若干就"一见钟情"的生物学分析。在那些神话般的境遇之中，很可能是男女双方的体味在相互吸引，要么就是基因的配型有着某种契合，还有免疫互补……甚至，童年经验也在润物细无声地影响着我们。不要把"一见钟情"说得那么神秘，那么不可思议，我们不是生活在真空，很多大家以为虚无缥缈的事件背后有着我们今天还不能彻底通晓的物质基础。

在我们以为是"天作之合"的帷幕下，有时埋伏着的不过是人的本能这个"老狐狸"。我在这里绝没有鄙薄本能的意思，但作为主人，知道有乔装打扮的"本能先生"混在客人堆里一个劲儿地劝酒，觥筹交错时，就要提防酩酊大醉，以防完全丧失了理智，被本能夺了嫡。

本能这个东西很有意思，魔力就在于我们能否察觉它。它习惯在暗中出没，魔法无边。我们被它挟制而不自知，它就是君临天下的主宰。但是，如果把它揪到光天化日之下，它就会像雪人融化一样瘫软乏力。假设那位来信的男生，知道了他期望找到一位长发女友这一先入为主的标准，不过是要检验一个女子的生殖系统潜能和最近一段时间的健康状况，那么，他在考虑长发因素的时候，可能就有了更多的角度和更宽容的心态。

本能是很会乔装打扮的，它不狡猾，但它善变。想要识出它的种种变相，不仅要凭一己的经验，也要借助他人的心得和科学研究。

如果现在有人对那个男孩子讲，你选择女友的标准只是看她如何性感，我猜他一定要反驳，说："我根本就不是那样浅薄。我们情投意合，我们非常默契，我要找到的就是和她在一起的这一份独特的感觉……"

其实在婚姻这件事上，绝对的好或是绝对的坏，大约是没有或是极少的，有的只是常态，只是平衡，只是相宜。单凭某个孤立的条件来寻找爱人，怕是不够成熟的表现。你是一个什么样的人你可要先认清，才好去寻找一个和你相宜的人。我很喜欢一个词，叫作"志同道合"，人们常常以为这句话是指事业，我觉得形容婚姻更妙。

有的年轻朋友会说："我找的是伴侣，火眼金睛地把对方认清了不就得了，干吗先要从自己开刀？"

理由很简单。忠诚的人只能欣赏忠诚，而不能欣赏背叛；诚恳的人只能接纳诚恳，而不能接纳谎言；慷慨的人可以忍受一时的小气，却不会喜欢长久的吝啬；怯懦的人可以伪装暂时的勇敢，却无法在无尽的折磨中从容。谁想用婚姻改造人，只是一个幻彩的泡沫，真实只能是：人必然改造婚姻。

恋爱与婚姻是一个寻找对方更是寻找自己的过程。你整个的价值观和思想体系，都在这种亲密无间的关系中得以延伸和凸现。

如果你把金钱当作人生的要素，你就不要寻找一个侠肝义胆的爱人。因为你即使在危难中曾受惠于他，但那是他的禀性，而非对你的赞同。当有一天你祭起"金钱至上"的大旗，无论你怎样千娇百媚，还是挽不回壮士出走的决心。

如果你荆钗布裙、安于寡淡，就不要寻找一个志在鸿鹄的爱人。即使你以非凡的预见知道他会直抵云天，也不要向这预见屈服，把自己的一生押了出去。否则他的翅膀上坠着你，他无法自在遨游，你也会被稀薄的空气掠得胆战心惊。

如果你单纯以色相示人，就要准备在人老色衰的时候，被厌恶和抛弃；如果你喜欢夸夸其谈，你就等着被欺骗的结局吧。

物以类聚，人以群分。失恋男生喜欢长发和一见钟情，他就不断地被这些吸引。他把恋爱当成了一道算术题，当一个答案打上红叉的时候，就赶忙用橡皮擦掉笔迹，在毛糙的纸上写下另一个答案，殊不知他早已将题目抄错。

不要把长发当成唯一，"一见钟情"也没有什么神秘。我手头就有若干个例子，某些离散的婚姻往往始于绚烂无比的开端。比起开头，人们更重视过程和结尾，这就是"创业难，守业更难"，这就是"成百里半九十"的含义。

我在一个有鸟鸣的清晨给这位男生回信，因为我已心境沧桑，而对方是一位青年，人在清晨的时候心脉比较年轻。我说："不要把人生匆匆结束，不要让恋爱匆匆开始。你把一件事做完再做另一件事好吗？"

他很快给我回了信。他说："不是我没有做完，而是事情已经被女友提前结束。"

我复信说："为了你一生的幸福，你要把爱的前提好好掂量，为此花费一点时间是值得的。没想清楚之前，就不算真正结束。我明白你想用新鲜替代腐烂，想把新发丝粘在旧发丝上让它随风飘扬……可你见过馊了的牛奶吗？如果你不把酸奶倒掉，不把罐子刷洗干净便把新牛奶倒进去，那么，只怕很快我们就又要捂起鼻子了……"

他已经久未来信了。我不知他是生我的气了，还是已酝酿了新的爱情。

我的一篇散文《我很重要》被收入中学语文课本中，并多次在
考试卷子中出现过，关于它的中心思想、段落大意、修辞手法等技
术问题，也成了若干语文老师和我探讨的题目。说实话，我对分析
自己文章的内涵和技巧，噤若寒蝉。写的时候只是有感而发，完全
不曾想过如何剔骨抽髓地来分析它，经常被问得张口结舌，像极了
那文章本不是我所写，不知是从哪儿抄来的。

曾经接到过一位中学语文老师的信，和我商榷此文的中心思想。
他的大意是说：这篇文章的主题思想本来是想说每个个体都是很重
要的，但立论的方式和论据都是说我们在相互的关系中是多么重要，
这就成了一个悖论。他认为：一个人，即使不在任何关系中，也是
非常重要的。

我明白他的观点，但我无法想象人可以不在关系中，就如同无
法想象一条活蹦乱跳的鱼可以在水之外遨游。

我们所有的人，终其一生，都是在各种各样的关系中搏杀。听

一位美国心理学家讲授抑郁症的发病机理,他认为:所有的心理障碍,都是因为关系出了问题。

关系无所不在。人的关系基本上可以分为以下九类。

1.自我:这比较好理解。人和自己的关系,是所有关系中最彻底最主轴的关系。

2.父母:没有父母,就没有我们的肉身。父母和我们心灵的关系,也是无与伦比的密切。

3.兄弟姐妹:这似乎不难理解。就算是中国现在实行独生子女政策,人也依旧会有情同手足的友人。如何看待和自己年龄相仿的同时代的人,肯定是逃不脱的重要课题。

4.异性:哈!这个关系的重要性和复杂性不言而喻,古往今来已经谈论过太多。然而,谈论得再多,也比不上实际情况复杂。

5.子女:和异性结为亲密关系之后,如果没有特别的措施和意外,一般就会有子女。那么,你崭新的历史篇章就掀开了。这个关系,对某些人来说,简直比数十篇学术论文还要复杂,够你一生殚精竭虑、呕心沥血的了。

6.同侪:"侪"这个字,好像有点遗老遗少的味道,现代人似乎很少用。字典上查,此字含义很简单,就是朋辈。人不可能没有朋友,做任何事,都要学会团结,都要学会合作,和自己的同辈人团结,应该是人生的必修课,要学会游刃有余地处理这档关系。

7.大自然:哦,这个关系的重要性,就不用我啰唆了。要是处理不好,付出的代价就是像恐龙一样灭绝(当然,恐龙灭绝的责任,不由它们自己来负）。

8. 死亡：和死亡的关系，是所有关系里最确定无疑的，谁也躲不掉，无论逃到哪里，如何乔装打扮，死亡最后都会不动声色地把你捉拿归案。既然迟早一定要见面，处理好这个关系，你就能更好地享受生活。处理不好，死亡以不速之客的身份，猝不及防地来访，你堵着门不让他进来，他也一定会神通广大地破门而入。那时，没准备好的人会惊慌失措，会后悔还有那么多事情未完成。为了从容走完一生，这个关系是一定要处理好的。学会和未来的死亡和平共处，直到你跟着他走的那一天。

9. 宇宙：人和宇宙的关系，表面上看起来，好像不如前八大关系那样和我们的日常生活密不可分，其实，不然。你每天晚上仰望星空，那就是宇宙在和你对话。宇宙是比大自然更广大的范畴，它将考验一个人对那些无比壮阔、无比悠远的时空体系的尊崇之心，它将让我们一己卑微短暂的生存和一个雄伟壮丽的体系发生连接。我们从那里来，也将回到那里去。看看宇宙，再看看自身，自豪和悲怆像豆荚中孪生的豆粒，如此新鲜多汁、浆液饱满。它看似脆弱，实际上正是对付日常琐碎事物最行之有效的金刚铠甲。

九大关系，我们若能得到及格分数，人生就安然了。

心是一只美丽的小箱子

小时候上学，我很惊奇以"心"为偏旁的字怎么那么多？比如：念、想、意、忘、慈、感、愁、思、恶、慰、慧……哈！一个庞大的家族。

除了这些安然地卧在底下的"心"，还有更多迫不及待站着的"心"。这就是那些带"竖心旁"的字，比如：忆、怀、快、怕、怪、恼、恨、惭、悄、惯、惜……原谅我就此打住，因为再举下去，实在有卖弄学问和抄字典的嫌疑。

从这些例证，可以想见当年老祖宗造字的时候，是多么重视"心"的作用，横着用了一番还嫌不过瘾，又把它立起来，再用一遭。

其实，从医学解剖的观点来看，心虽然极其重要，但它的主要工作，是负责把血液输送到人的全身，好像一台水泵，干的是机械方面的活儿，并不主管思维。汉字里把那么多情绪和智慧的感受，都堆到它身上，有点张冠李戴。

真正统率我们思想的，是大脑。

人脑是一个很奇妙的器官。比如，学者用"脑海"来描述它，就很有意思。一个脑壳才有多大？假若把它比成一个陶罐，至多装上三四个大可乐瓶子的水，也就满满当当了。如果是儿童，容量更有限，没准刚倒光几个易拉罐，就沿着罐口溢出水来了。可是，不管是成人还是小孩的大脑，人们都把它形容成一个"海"，一个能容纳百川波涛汹涌的大海。这是为什么？

大脑是我们情感和智慧的大本营，它主宰着我们的思维和决策。它能记住许多东西，也能忘了许多东西。记住什么忘却什么，并不完全听从意志的指挥。比方明天老师要检查背诵默写一篇课文，你反复念了好多遍，就是记不住。就算好不容易记住了，到了课堂上一紧张，得，又忘得差不多了。你就是急得面红耳赤抓耳挠腮，也毫无办法。若是几个月后再问你，那更是云山雾罩一塌糊涂。可有些当时只是无意间看到听到的事情，比如，路旁老奶奶一句夸奖的话，秋天庭院里一片飘落的叶子，当时的印象很清淡，却不知被谁施了魔法，能像刀刻斧劈一般，永远留在我们记忆的年轮上。

我不知道科学家最近研究出了哪些关于记忆和遗忘的规则，反正以前是个谜。依我的大胆猜测，谜底其实也不太复杂。主管记住什么、忘记什么的中枢，听从的是情感的指令。我们天生愿意保存那些美好、善良、真诚、勇敢的事件，不爱记着那些丑恶、虚伪、背叛、怯懦的片段。当然，这并不是说人应该篡改真相，文过饰非，虚情假意瞎编一气，只是想说明我们的心，好像一只美丽的小箱子，容量有限。当它储存物品的时候，经过了严格地挑选，把那些引起我们忧愁和苦闷的往事，甩在了外面，保留的是亲情和友情。

我衷心希望每个人的小箱子里，都装满光明和友爱。

一次我应邀在电台直播，谈些人生感慨什么的，不时有听众的热线打进，大家就聊天。突然，一个很细弱的女声传来，说，毕老师，我有一个本子，不知该怎么办。你能帮我想个主意吗？

我问，什么本子呢？

她说，就是那种老式的本子，每个人年轻的时候，都有那种本子。我想，你也曾有过的。

我的心像张衡发明的古老的蛤蟆状地动仪一样，接收到一颗铜球，激烈地共振了一下。我知道她所说的那种本子，我确实有过那种本子。我说，啊，是。我知道，我有过。你打算让我给你出个什么主意呢？

她一口气说下去，不再停歇。看来，她为这个问题，思虑很长时间了。

没有人需要这种本子了，这种本子老土。我有时翻翻，也觉得特可笑。却想，可不能把它扔了，烧了，里头藏着我年轻时的梦。多不容易搜集来的呀！我那时用功着呢，别人看电影，我不去，一笔一画地抄呀抄。现在一看，挺幼稚的，可我不忍心把它毁了，心血啊。还抄了不少景物和人物描写，比如，《创业史》里徐改霞的长相，《林海雪原》里少剑波如何英俊……还有气象谚语，像"天上鲤鱼斑，晒谷不用翻"，"天上鱼鳞斑，不雨也风颠"……我那时就特分辨不清，鲤鱼斑和鱼鳞斑有什么不同？天气好坏能差那么多吗？想了多年，也闹不明白。如今，也不用想了。有了天气预报，什么都简单了。本子还有什么用？再没人需要它了……

我听着，不知如何回应，只有陪着叹息。从她透露的摘抄词，再加上听她的声音，我判断她早已不年轻。有些人生的纪念物，对自己是宝，对他人只是废物。

也许，怀旧的人，可以在自己的家里，建一所微型的历史博物馆。我本想这样说，但一想到这个年纪的中国妇女，一般不惯幽默。不知人家住房是否宽敞，可有这份闲心？要是碰上个下岗女工，反触动了伤心处。于是只有以沉默相伴。

她突然很热切地说，想了很长时间，我决定把本子寄给你。那里面有关文学的描写，对你的写作肯定会有帮助的。

我微微地苦笑了。这种描写，对我不会有实际用处。但这是一个直播节目，我们的对话，已通过电波飞进万千耳朵。我不忍伤害一颗朴素而炽热的心，于是很快地回答说，好啊！谢谢你把这么宝贵的纪念物托付给我，我一定会仔细拜读，妥善保护的。

她接着问了我的工作地址，喃喃地重复着，记录着……其他的电话接踵打进来，她的声音就在鼎沸中淹去了。

几天后，我收到了一个厚厚的包裹，打开来，一个红色的塑料笔记本收入眼底。

果然是逝去年代的遗物。扉页上，盖着洇了红油的公章，不太好的墨字写着"奖给劳动模范×××"。这个笔记本不但有着文学的意义，还是主人光荣的记载。

我细细地翻看本子。字体从稚嫩到圆熟，抄录的内容也形形色色。它不是日记，没有个人生活的流水账，但是能从里面看出生命的过程。除了文艺书籍的片段，更多的是那个时代流传的一些名人名言。抄录者好像不喜欢按部就班地准确记载，有一些话并不注明出处，使人分辨不清是她抄下的，还是自己发明的。

在人生的前半，有享乐的能力，而无享乐的机会。在人生的后半，有享乐的机会，而无享乐的能力。

——马克·吐温

恕我孤陋寡闻，从来不知马克·吐温有这样一段言论，不知他在何时何地讲的这个话？我虽然很钦佩他老人家的文学成就，但对这段话不敢苟同。我以为，享乐的能力和机会应该是同步的。你用劳动创造机会，同时享乐。把机会和能力割裂开来，大概是上个世纪的顺序了。

我想，这段话是本子的主人在年轻时抄录下的吧。那时，她肯定以为自己是不应该享乐的。她以这话激励自己。现在，大约她已到了有享乐机会的年纪了，不知她能否安然享乐？

一个人专心于本身的时候，他充其量也只能成为一个美丽的、小巧的包裹而已。

——罗斯金

又一次惭愧了，不知这位罗斯金是谁。我从这段话里，猜测到主人是相貌普通的女子。在很长的岁月里，她用这话勉励着自己，不愿做一个美丽、小巧的包裹，而期望着是勤奋而努力的战士。

人间最美丽的情景是出现在当我们怀念母亲的时候。

——莫泊桑

这话非常好。主人在这段语录下，画了代表强调意思的曲线。想来，她是一个非常注重亲情的人。她是孝女吧？但也有另一种可能，她从小就失去了母亲。但愿我的后一判断有误。

在最不尊重人类自由的地方，人对英雄的崇拜最为炽烈。

——斯宾塞

人之才能，自非圣贤。有所长，必有所短。有所明，必有所蔽。

——王守仁

当爱情发言的时候，就像诸神的合唱，使整个的天界陶醉于仙乐之中。

——莎士比亚

恋爱中止后不说对方的坏话，也是一种道德。

——国分康孝

"为什么美女总是跟庸庸碌碌的男人结婚？""因为，聪明的男人避开跟美女结婚。"

——毛姆

啊，她这一阶段，在谈恋爱吧？失恋了？

有朋友的人像草原一样广阔，没有朋友的人像手掌一样狭窄。与邪佞人交，如雪入墨池，虽融为水，其色愈污。与端方人处，如炭入熏炉，虽化为灰，其香不灭。

——此话无出处

每只鸟都认为自己的声音最美。

——阿拉伯谚语

即使把蛇装进竹管里，它也不会因而变直。

——日本谚语

她是否受到了某种伤害？挺过来了吧？

她脚上穿的是一双绣了小蓝花的青布鞋，毛蓝布裤子，红罩衣，浅花头帕下拢着浓密的黑发，黑发在脑后梳成一根油亮亮的粗辫子，粗辫从脑后绕到前边，滑过肩头，垂在富于曲线的胸脯上。辫梢扎了个红毛线的蝴蝶结，身材颀长，体态丰满，一对银耳坠垂在秀丽的脸盘旁……

——人物外貌描写

…………

我错落地翻动着本子，无声地读着这些话语，感到一颗心，拖着长长的彗尾，在人生的天际艰难运行。

我很感动，因为自己也有一个这样的本子。从中学时记起，追随我到高原，直至我饱经沧桑。

有一些我们久久蕴积肺腑，却表达不出的心结，被先哲们一语道破，在征途的驿站旁，等着我们路过。当无意间相逢时，心会陡地一颤，紧接着是温暖和相知的潮水涌起。

每个人内心都存着这样的本子，记载着我们尊崇的规则。无论它是否凝结为显形的字迹，都在暗中规定和指挥着我们的思维。

近年，不大有人记这样的本子了。很多人奉行的宗旨，是一些可做却不可说的秘诀。有一个女孩告诉我，她听从这样一些小技巧：

永远别问理发师你是否需要理发。

（他总是说你需要理发。推而广之，不要向可能成为你的对手的人、利益与你相悖的人，请教任何东西。）

美貌是一封无声的推荐信，一旦付出，就要成为定期债券。

（在出租相貌的时候，一定要计算出到期的收益。蚀本的生意万不可干。）

烧掉自己最难看的照片。

（千万要在第一眼看到之后，就赶快燃起火柴。假装它从来不曾存在过。这会增强自信心。不信，你试试。）

要付的钱晚付，要收的钱早收。

…………

女人第一次结婚是为了心爱的男人，第二次是为了找伴侣，第三次是害怕孤独，第四次是习惯成自然。

对狗来说，每一个主人都是拿破仑。

她说，我这些还是比较上得台面的，有的人，干脆只记一句——

人不为己，天诛地灭。

我无言。翻看我们心中的本子，会更精练更浓烈地知道我们是怎样的人。

我把红本子珍藏起来。不想一段时间以后，那女子又给我来了一封信，说自从把本子寄给我以后，寝食无安，好像把最珍贵的东西丢了。

"真的不是我不相信您，只是我以前没意识到，这本子对我是如此重要。您能把它还给我吗？假如您喜欢其中的某些部分，我可以把它复印了，再给您寄去。我不会要您一分钱的。"

我马上把本子挂号寄回并附言。我说，本子我已看完了，对我帮助很大。不必再印了。非常感谢你。我完全能理解你的情感，因为我也有同样的本子。

又过了些日子，我收到了厚厚的邮包。打开来看，那女子把她的笔记本，工工整整地重抄了一份，给我寄来了。

后面多了一句话，没有写明出处，我不知是她自己杜撰的，还是从哪里抄来的。

当你全心全意梦想着什么的时候，整个宇宙都会协同起来，助你实现自己的心愿。

欣喜
是
自酿的

在我们的身体里面，居住着某些连我们自己都莫名其妙的客人——记忆。没有人能说清楚记忆是从什么时间开始驻扎进来的，它们比江河的源头还要难以寻找。长江源头是一些翻滚的水泡，好似透明的蝼蛄钻出地表，记忆的源头是什么呢？是一些鲜艳同时支离破碎的毛线团，五彩杂糅，有一种喜洋洋的生命力。顽强的记忆耐酸碱和腐蚀，岁月无法将它们漂洗。

我们为什么会对某人一见钟情？我们为什么热爱一份他人无法接受的工作？我们为什么对某些事物滋生厌倦？我们为什么会在某种场合不可理喻？我们爱恨的理由是什么？……

凡此种种心灵的奥秘，都和记忆有着千丝万缕的关联。

记忆是人体中最不服从命令的一位世袭的将军，相信很多人在求学考试之时，都有惨痛印象。记忆顽皮，不知暗中遵循的是何种规律，有些事件，一点也不重要，可它偏偏就记得镂骨蚀魂，连当时的一声蝉鸣、一朵浮云，都毫发不爽。不良的情绪，好像一袋携带终身的垃圾，即使你把它埋葬在潜意识里，但它如古尸的指甲，依然锋利。有些极为重要的瞬间，你不停地对自己说，记住它记住它，万万不能忘啊！可惜，记忆常常充满阴谋地背叛你。

重复多少次，人就可以记住某些事物了呢？这可能是人类永远的秘密了。但在实际生活中，好像很有一些人是掌握了这个谜底的。比如，老师罚小学生把某个字词书写多少遍……他的理论基础就是认为重复会有奇效。又比如，那些撒谎的人，可能也相信口吐白沫就能潜入他人的记忆。还有热恋当中的爱人，一遍又一遍地重复"我爱你"……想来也是不很明了记忆神鬼莫测的品格。

比起记忆的存在，记忆的销蚀更是不可捉摸。我在雪山服兵役时，认识一位搞保密工作的参谋。他一贯很忙，不苟言笑，步履匆匆。后来突然就散淡起来，四处逛着，抱着手，没事就找别人侃聊。聊到山穷水尽时，众人都无反应了，他还挑起新的话题，后来人们见了他就要躲着走。我问他，嘿，你还有没有什么正经事要做啊？他说，我做的事是再正经没有的了。我说，你一天究竟干什么呢？他说，我干的事就是不干什么。我说，天下还有这样舒服的工作吗？他说，这是工作，可是并不舒服，因为我要干的事，就是忘记。我说，忘记也配叫一种工作吗？他说，忘记这件工作比什么事都难办呢。我以前知道很多秘密。我现在要转业了，我就要把以前的都忘记。我拼命地找别人谈话，是想加速这个过程。这就好比要在一张写满了铅笔字的纸上，再写满钢笔字，这样以前的字迹就看不清了。完全遗忘后，我就可以到新的岗位去了。

我说，你什么时候才能知道自己已经忘记了呢？

他苦笑了一下说，当我专注于忘记的时候，我就比什么时候都记得更清楚。

是的，我们都有这样痛不欲生的经验。当我们越想忘记一件事情的时候，其实反倒是把它放到记忆的密码箱里面了。这种时刻非常常见，同时也是非常倒霉。事情一进入了这样的恶性循环，几乎就是记忆的癌症了。那些我们期待忘却的记忆，甚至在幽暗的骨灰匣子里，依旧像一块冥顽的弹片熠熠闪光。

记忆不属于生理，记忆是心理的。我们的历史，就是我们的记忆。丧失记忆，将不知道自己是谁。经验就是一种心理记忆。当遭遇陌生的境遇和挑战，我们飞快地检索，以期从记忆中找到可资借鉴的经验。感情，更是心理记忆的无价之宝。童年是记忆的滥觞之地。无论走到哪里，哪怕一无所有，因为有记忆，我们就不孤单。我们的知识，更是我们的记忆了。我们的友谊，也是记忆。没有记忆的友谊，是现代社会人际交往中的速食面，蜷曲着，散发着防腐剂的可疑味道。情感的温暖和光芒，都浓缩在记忆里面，在寒凉中弹射出金色。

记忆又是独立的。它刚直不阿，不卑躬屈膝。它兀自地游走着，不看任何人的脸色，不顾忌世态炎凉。有些人企图修改自己的记忆，但你骗得了别人，骗不了自己。记忆在重重的谎言覆盖之下，依然保持着耿直生命的姿态，等待着复苏的时候。甚至由于这种压迫，它更清醒和更明晰了。在人所具有的所有功能之中，记忆有一种我们尚不能完全明了的强硬品格。即使是一个懦弱而充满欺诈的人，我依然相信，在他大脑的极地下，活着鲜朗的记忆苔藓。它们无法长成大树，但它们有着灰绿色的生命。

记忆是诚实的。如果没有一个快乐的童年，你不可能回到从前，涂抹粉红的颜色。你需要接纳你的记忆，如同接纳你与生俱来的一切。

由于记忆的这种非凡的品格，所以，世界上很多罪恶，都是为了和记忆作对才产生的。为了对抗痛苦和迷惘，人们酗酒吸毒，沉迷于种种感官的刺激。记忆丧失，是很可怕的事情。我们爱什么恨什么，喜欢什么厌恶什么，都是由我们的记忆组成的，甚至可以说是由我们的记忆控制的。记忆是我们的无冕之王，记忆是我们体内的暴君。记忆主宰着我们却又不动声色。当我们以为自己是在书写新的篇章的时候，记忆在一边暗笑。所有草稿早已打好，你不过是在一字一词地誊清。

我们活在我们的记忆里。这是一个事实。这个事实，让我们对我们的记忆肃然起敬，又心生畏惧。我们的记忆是隐形的，又是无所不在的。我们的记忆是柔软的，又是钢铁般坚硬的。记忆这个东西，大象无形地左右着我们，又销声匿迹，满脸无辜。

心理上的记忆是无法修改的，只有重组。重组不是覆盖记忆，只是对某一特定的记忆有了新的解释。记忆是需要解释的，记忆只是一个事实。对一个司空见惯的事实，有着怎样的解释，是沉迷往事还是奋起向前的分野。

我们的记忆，不仅仅是属于每个人自己的。也就是说，它不但是我这个生命存在期间的产物，而且在我出生以前很久的势态，也深刻地影响着我的记忆。这种集体无意识，弥散在周围的空气里，分散在文化的颗粒中，被我融入自己的血液，流过生命的过程。

有一部分记忆改头换面，潜藏在心灵的地下室。它们可以沉睡多年，却不会永远甘于寂寞。当它们一旦释放出来，那可怕的能量滚滚而下，摧枯拉朽，淹没一切。那时候，我们是记忆的主人，又是记忆的奴隶。在饱受记忆惠泽的同时，也会领教它出其不意的危害。记忆伴随着情感。没有情感的记忆是不牢靠和不持久的。情感是记忆的盐。机械的记忆是枯燥和干瘪的，它们轻飘飘的，极易随风而逝。伴随情感的记忆是饱满和长着触角的，它们灵动地滑翔着，无数的联想就如同萤火虫似的聚拢过来。当我们以为自己是在创新的时候，其实只不过是记忆发生了新的组合，一些原本酣睡的记忆跳起了圆舞曲，它们如同万花筒内的玻璃晶，勾搭粘连，幻化出了莫测的图案。

如此说来，记忆既是古老的妖婆，也是婴儿的产床。记忆是兼容并蓄又是一意孤行的。人类至今无法操纵自己的记忆，这是遗憾也是福气。人类在遗忘中筛选自己最宝贵的一切。记忆特立独行的品格，是人类良知最后栖居的湿地。这里飞翔着黑白天鹅，也潜伏着毒虫。

我们了解自己的记忆吗？嗯，不了解。我们看不到它，只能看到它飞过天空的影子。我们由它组成，受它役使。它是国王又是仆人。它时而懒惰异常，时而又伶俐无比。试问还有什么比优异的记忆力更令人羡慕的？那不仅仅是一种天赋，更是学历和坦途的保修证。还有什么比丧失记忆力更令人恐惧的？那不仅仅意味着人将混同于一株植物，更是遭人怜悯和被抛弃的代名词。记忆就这样君临人类的天下，让我们臣服在它的石榴裙下。

　　当你不知道为什么热泪盈眶，为什么沉默不语，为什么拔刀相助，为什么长夜无眠……凡此种种，都是你的心理记忆浮出海面的时候。搜索海下那庞大的坚冰，是你永远的工作之一。

请想一想，明天从什么时候开始？

有人说从起床开始，有人说从黎明开始，有人说从半夜子时开始……我觉得，美好的明天，诞生于心无旁骛的睡眠。无法想象噩梦连连的夜晚之后，人能兴致勃勃地面向朝阳；无法想象挂满血丝夜不交睫的眼睛，能欢欣鼓舞地喜迎新一天的到来。

人人都希望一大早起来，看到最美的太阳，尤其是在冷雨绵绵寒风瑟瑟的季节。仔细琢磨，要达成这个愿望，起码有几个要素。

第一，晴天。

这一点当无悬念，具体到每个人居住的地方，一年当中出现晴天的概率是多少？我查了查相关的资料，众说纷纭。大体上北方的晴天多一点，南方的晴天少一点。不过若是从南方继续往南，到了赤道的沙漠地区，晴天数便会大增。不过那里离咱们这儿太远，就不统计它了。以我个人住在北京的感觉，每年大约有一半多的日子是晴天，早年间可能还多些，现在雾霾严重，让晴天数打了折扣。但是晴天，也不一定能够看到朝阳，晴天也跟苹果萝卜似的，有大小之分。必须是个大晴天，才有看到朝阳的福分。什么叫大晴天呢？指的是干爽响晴的日子，阳光如切开的柑橘，金黄色的光芒喷薄四溅。不过，虽然有"大晴天"的说法，似乎并没有相对应的"小晴天"这个词。晴天的"小"，估计指的是在晴朗的成分上有瑕疵，虽不下雨，但天空不明澈，会有云层缭绕。

好，话说回来，就算是大晴天，还需要地利人和。最基本的一点：你要早起。日出之前刷牙洗脸装扮停当，神清气爽出家门，走在能看到太阳的路上。这话说起来容易，细究起来，包含几层因素，你若一觉睡到上午十点多才爬起来，那就不是早晨，基本上要归入中午了。第二层，你周围要有宽阔的场所。如果高楼或是立交桥遮天蔽日，人缩在阴影中，就算天有朝阳，你也看不周全。还有第三层，你不能太匆忙。慌不择路地飞奔，连颠带跑地追车，嘴巴里嚼着煎饼果子，一头埋进向着地心钻入的地铁站，爬出来后又是三步并成两步地疾行，生怕打卡迟到……兵荒马乱之中，也与朝阳无缘。如果你一直低着头，步履匆匆愁眉苦脸，见到的是阳光下的阴影，那必将和太阳的光辉灿烂失之交臂。

好，说了这么多不利因素，基本上可分为两类。一类是人力无法改变的。比如，明天是不是脆生生的大晴天？在目前阶段，就算人能准确地预报出天气，也不能得心应手地改变天气。再者，你周围会不会有疏可走马的宽阔场所，也是由不得人的。若你决心留在大城市打拼，便躲不开水泥丛林的笼罩，无法像在非洲的大草原或是西藏的喜马拉雅山上，一望千里。不过别灰心，另一类事物，你是可以自己做主的。比如，你可以不熬夜，不玩电脑，不煲电话粥，不说废话，不看狗血剧，不传播谣言，不有事没事地刷微信发朋友圈……便可节省出宝贵时间来早些入睡。自古以来，安宁的睡眠就有着我们所不明白的巨大力量和神奇魔力，不知有多少创伤能在睡眠中愈合，有多少委屈能在睡眠中释放，有多少困苦会在安睡后变得云淡风轻，有多少痛楚会在沉睡后如杯水入河，稀释化解于无形……

除了晴天，除了大清早，除了宽阔，除了仰头向着东方，等等，你还需有能欣赏太阳美好的初心。

明天能不能看到最美的太阳，和自然界的关系很大，和人的心境关系更大。只要心中有太阳，那么无论自然界有多少阴晴圆缺风吹雨打，你都能持续地生发出温热和光亮。

先建设一个美好夜晚吧，那才能诞育美好的明天。

欣喜
是
自酿的

在心理学家马斯洛的"人的需要"层次金字塔模式里，安全感是人类的基本需要之一。

记得在日本访问的时候，我很惊讶普通民居的构造单薄。尤其是海边的房子，好像纸扎的灯笼，轻而蓬松，叫人怀疑稍大些的海风，就会把墙壁吹个透明窟窿。

我问日本导游，你们这里多地震多火山多海啸，如此稀松的房子，怎么抵御灾难？这岂不是太不安全了吗？

日本导游回答，正是因为多灾，我们的房子才造得很轻，一旦倒塌，也不会把人压死砸死，比钢筋铁骨的建筑反倒多一分安全。就像薄薄的鸡蛋壳，小鸡很容易钻出来，它看起来不安全，其实倒是很安全的。

真叫人无话可说。

那年到处风传地震，我为自己和家人的安全焦虑，特向一位专事地震研究的朋友请教。她告诉我，地震发生的时候，你赶快跳到家中房屋的承重墙交叉的部位，那里通常比较坚固，即使倒塌也会有小的支撑空间可供躲避，以利等待救援。

此秘诀闹得我和先生像两个蹩脚的工程师，在自己家中四处巡视，彼此意见分歧很大，他说这堵墙是承重墙，我说可能是那一堵，吵得谁也不服谁，只好又向朋友请教。她说，你们可以找到当年施工部门的图纸，对照辨认，岂不最有权威性？这法子好是好，但实在太麻烦，我们只好不了了之。朋友是个尽责的人，后来又过问此事，我如实相告，朋友说，告诉你一个简单的法子，一旦地动山摇，你就躲到屋内的卫生间，那个角落比较安全……从此我牢牢记住这一条救命宝典，很长时间内，一进卫生间，就敬畏有加，觉得在未来的某一天，全靠它的庇护啦！

后来我到了唐山，有一位大地震中的幸存者，谆谆告诫我，地震时，要飞快地蹿到阳台上，这样可以在随后的余震中被甩到室外，安全系数较大。他当年就是如此才保住性命，而他躲在房中的家人，全部遇难。

我于是想象自己倘若遇到震灾，可能会在卫生间和阳台之间上蹿下跳，坐失宝贵时间。

坐汽车，我因为晕车，总好坐在前面，但屡屡被人指教，只有司机后面的座位，才是全车中最保险的地方。因为据统计数据显示，人在危急时刻实际会下意识地保护自己，所采取的紧急措施对自己的位置最为有利。我觉得这一提议后面，有一层相当微妙甚至龌龊的前提，那就是司机以人的本能保护自己，你坐在司机后面，以他的身躯为你的血肉长城……

灾难发生时，到底哪里最安全？我只做了如此不完善的小小调查，已是众说纷纭，看来，安全是个永恒的题目，在我们的生命里寻找安全，是集体无意识的顽强表现。

我敬佩那些在危急时刻，抛却自身的安全，奋勇地冲向危难的勇士，这不仅是道德和情操的高尚，更是人战胜自己天性的壮举。比如消防人员扑向火海，比如救援人员攀登危楼，比如救生员潜入冰水拯救溺水者……无论是职业人员还是见义勇为的普通公民，我相信，在那一瞬，都有生命本能的召唤和人生价值的实现碰撞的火焰。

如果为了一己安全，自然是远离危险。我们的每一根头发，每一滴血液，都会提醒、命令、安排、指挥我们这样做。人类的进化，使得躲避危险、寻觅安全成了几乎与生俱来的能力。但是，为了他人的安全，为了崇高的职责，为了追求和理想，为了一种凌越本能的超拔，他们躲避安全、寻觅危险……这样的人，就达到了人的自我实现的顶峰，他们找到了本能之上的高贵的尊严。

欣
喜
是
自
酿
的

心情好像一种很柔软的东西，经常因为自然界的风花雪月或是人世间的阴晴冷暖，剧烈波动着，蛛丝般震颤飘荡，无所依傍，哪里用得上"锻造"这样充满了金属音响的词呢？

心情于我们是那样重要。健康与美丽，如若没有一副好心情，犹如沙上建塔水中捞月，一切都无从谈起。心情与我们形影不离，不，它甚至比影子的追随还要牢固得多。光不存在的时候，影子就藏在深深的黑暗中。只有心情牢牢黏附在胸腔最隐秘的地方，坚定不移地陪伴着我们。快乐的人，在黑夜中也会绽放笑容；凄苦的人，即使睡着了，梦中也会滴泪。

心情是心田的庄稼。只要心脏在跳动，心情就播种着，活跃着，生长着，更迭着，强有力地制约着我们的生存状态。可能没有爱情，没有自由，没有健康，没有金钱，但我们必有心情。

心情是我们的收割机。如果你懊丧，收获的就是退缩畏葸和一事无成。如果你落落寡合，只一味地倾诉苦难，朋友最终会离去，留你孑然面对孤灯。如果你昂扬，希望就永远微茫地闪动，激你前行。如果你百折不挠，生活每一次把你压扁，你都会充满韧性和幽默地弹跳而起，螺旋向上。如果你向每一丛绿树和鲜花打招呼，它们必会回报你欢笑与芬芳……

如果你渴望健康和美丽，如果你珍惜生命每一寸光阴，如果你愿为这世界增添晴朗和欢乐，如果你即使倒下也面向太阳，那么，请锻造心情！

它宁静而坚定，像火山爆发后凝固的岩浆，充满海绵状的孔隙又坚硬无比。它可以蕴含人生的苦难，但绝不会被苦难所粉碎。它感应快乐的时候如丝如弦，体贴人间的每一分感动。它凝重时如锚如链，风暴中使巨轮安稳如磐。它在一次次精彩的淬火中，失去的是杂质，获得的是强韧。它延展着，包容着，被覆着我们裸露的神经，保卫着我们精神的海洋与天空。它是蓝色澄清的内心疆域，在那里栖息着我们永不疲倦的灵魂。

让我们的成品——沉稳宁静、广博透明的心情，覆盖生命的每一个清晨和夜晚，从此不再因外界的风声鹤唳而瑟瑟发抖，不再因世间的荣辱得失而锱铢必较，不再因身体的顿挫不适而万念俱灰，不再因生命的瞬忽飘逝而惆怅莫名……

人生因此健康，因此壮丽。

　　有一位射击的朋友，极端地冷静。他常在非常危急的情势下，弹无虚发。我向他请教这其中的要领，他说，最大的诀窍是你要像烟灰一样放松。只有放松，全部潜在的能量才会释放出来，协同你达到完美。

　　我对他的话似懂非懂，但从此我开始注意以前忽略了的烟灰。烟灰非常松散，几乎是没有重量和形状的。它们懒洋洋地趴在那里，好像在冬眠。其实，在烟灰的内部，栖息着高度警觉和机敏的"鸟群"，任何一阵微风掠过，哪怕只是极清淡的叹息，它们都会不失时机地腾空而起驭风而行。它们的力量来自放松，来自一种飘扬的本能。原本没有结构，没有动力，甚至是微不足道的烟灰，却能够利用能量，飞向远方。

　　人们啊，需要常常提醒自己，像烟灰一样放松。放松不是无所事事，不是听天由命，不是随波逐流。放松是一种高度的自信，放松是一种磨炼之后的整合，放松是举重若轻，玉树临风。当你放松的时候，你所有的岁月和经验，你的勇气和智慧，便都厉兵秣马集合到你的内心，情绪就会安然从容，勇气就会源源不断。你不一定能胜利，但你能竭尽全力去参与过程。

如果你从不出错，这是一个悲剧。一是自己太累，二是你周围的人会视你为怪物。让自己在无伤大雅的时候出一点小差错，不会暴露出你的无能，只会彰显出你的可爱。

太多的女人是完美主义者。比如，她们不能容忍自己的饭菜咸了或是淡了，会因此耿耿于怀。她们不能接受自己好不容易挑选的百货，在另外一家卖场，居然看到了更便宜的价签。她们力求把最小的事也完成得完美无瑕。如果有了瑕疵，就会念念不忘闷闷不乐，长久地沉浸在遗憾之中。小事都如此，大事你尽可想见她们是如何锱铢必较、精益求精。结局是百密一疏，总有纰漏。这世上本没有十全十美之事，就算有，也未必次次都宠幸于你。于是此类女子，就无法享有片刻的彻底的放松。

如果你意识到自己是一个完美主义者，如果你想改正，我教你一个小方法。那就是卖个破绽与你。早年间，看中国的旧式小说，两军交战，常常是武艺高强的那一方，抵挡不过武艺稍差的那一方，文中会写道："卖个破绽与他，拍马便走……"那之后，往往有一番密谋好的周旋。卖个破绽，就是明显地示弱了。

有完美主义倾向的女子，刚开始改正这个毛病的时候，其实挺痛苦的。这就好比原本可以吃三碗饭，却吃了一碗就放下筷子，心里发虚。改正缺欠，不但需要意志顽强，而且需要循序渐进。在一些不甚重要的事上，先放手，容忍缺憾和不足，这也是让自己从完美主义的泥潭中拔出脚来的奠基石。

记住啊，示弱就是你破除自己完美魔咒的一个小裂口。示弱之后，你会发现，做一个不完美的人是需要勇气的，也是有乐趣的。因为，世界本来就是不完美的，我们不过是顺势而为。

一个健全的心态，比一百种智慧都更有力量。

现在把智商炒得火热，可是我总觉得很多事情没办好，不是我们的智商不够，而是心态不稳。心理现在也成了一个几乎被说滥了的词。棋下输了，会说，其实是在心理上输了。跳水砸了，会说不是技不如人，而是心理上的问题。考试慌张，没能考出应有的成绩，自然也说是心理上的毛病……凡此种种，还可以举出很多。有时我心想，心理问题变成了一个大箩筐，什么东西都可以丢进去。

不过，心理还真是一个大箩筐，也许它的容积，比我们想象的更大。我们的大脑，虽说是整个机体的总司令，但其实只占了整个身体能量的一小部分。还有一大部分，是习惯成自然，类乎山高皇帝远的封建诸侯国，自成体系。也就是说，机体几乎是在独立自主的情形下，下意识地完成着很多重要工作。比如，正常情况下，你能知道自己的胃肠道是如何消化食物的吗？能知道自己的血压是如何调整的吗？想必大多数人一脸茫然。

　　如果人们紧张慌乱、手足无措，诸侯小国也顿时进入非常状态。放弃平日的稳定和协调，乱成一锅粥，其后果不堪设想。这就是为何在比赛中，有的选手会因为过度紧张，犯一些不可思议的低级错误。

　　说到底，也没什么不可思议的。紧张几乎是万恶之源，一旦机体进入了不协调状态，我们会词不达意、手足无措、丢三落四、张口结舌、漏洞百出、匪夷所思……总之，各种谬误风起云涌，让人防不胜防。

　　有人看到这里，就会很悲观，说照你这样一讲，岂不就没救了？无论我们事先准备得如何好，到时候，神通广大的潜意识一作乱，我们就前功尽弃、毁于一旦了啊！的确是这样。平日锻炼自己养成健全的心态，遇事冷静不慌，全部身心高度协调，这比智慧更重要。

我不怕矛盾，也不怕纷乱。

如果只有清一色的说法，那么结论也就非常简单了。世界之所以有趣和千姿百态，就因为它们冲突着、统一着，有各种各样的可能性，因此神出鬼没。

在美国的地铁上，我看到一帮参加夏令营的孩子，他们穿着肥大的 T 恤衫，上面印着一行字"团结是为了差异"。意思是，我们团结起来，并不是抹杀各自的特性，而正是为了保存彼此的不同。真是一个有特色的口号。

经验这种东西，通常都是在危险的情形下学到的。如果总是在安全中，那么人也只会应对平静。做人太舒服的时候，就没有改变。

话虽这样说，真正事到临头的时候，还是很畏惧。特别是对待自己的孩子，只想让他平安顺遂。

有一则广告，说做父母的总想把世界上最好的东西都给孩子。我能理解这种心情，不过，什么是最好的东西呢？除了推荐名牌奶粉，还有面对大千世界的经验。

　　而经验这种东西，是普通的金钱买不到的。购买经验的金币，这金币就是危难。

　　人们常常是心中很寂寞，说出口的却是词不达意的热闹。这个世界已经够喧哗的了，现在需要的只是静静面对内心。

　　需要别人确认，才觉得自己活着的人，必然会逃避寂寞。节省下来的时间，用来干什么？只好另外想办法来谋杀时间。

　　寂寞是一种悄然的存在，不要挑战它，也不要逃避，学着共处就是。

　　开会常常让我感到寂寞，喧嚣人群中的寂寞。不喜欢很多会议的场合，在那里听不到发自肺腑的声音，套话多。有些话像风一样地从耳边刮过，留不下任何印象。

　　也许是因为我年轻时在西藏当兵，营地在海拔五千米的高原之上，氧分压只有海平面的一半，对缺氧的感受十分敏感。会场里人一多，马上就感觉到缺氧，好像当年在雪原上跋涉的艰辛感觉又复活了，心中充满疲累。

　　这种时刻，我会不由自主地走出会场，到外面去呼吸新鲜空气。

也不敢待的时间太久，怕人家以为是对发言者、组织者的不敬。

　　我知道有些时候套话是一种必需，是一种人际关系和社会关系的润滑剂。这种润滑剂可不便宜，要用时间去购买，算得上奢侈品了。

　　我是一个视时间为尊贵的人，实在不敢这样糜费，甘愿寂寞着。

别说梦。

梦不可说。梦是一团混沌，清醒时的事尚且说不清，昏蒙中的意象岂不更是虚妄。梦是不可描绘的，勉强点染出来，也必不可信。就算浮出脑海的时候，梦还是完整的，醒来时就丢了一半。说出来时，又丢了一半。断了线的地方，犹如豁了牙的嘴，摆在那里漏风，终不美观。于是主人就有意无意地将它修补起来，看起来倒是白闪闪地连贯了，但使人连那真的部分也不相信了。

梦是真的，说了就成了假的。只能留给一个人安静地反刍。它不是一个故事，无须像油炸蝎子似的全须全尾。梦不是给人表演的时装，无须矫饰，无须猫步，无须赶潮流。梦不是音乐，无须优美，无须激荡，也用不着震撼。梦是不需要负责任的，因此可宣泄，可谵狂，可随心所欲，可放荡不羁，只要不梦游就行。

那么，梦就真的无法表达了吗？人人都有的一段经历，竟成了盲区。无法交流无法记载，来无影去无踪，袅袅如风吗？

我们看不见风,我们可以从草叶和花瓣的滚动上,看到风的边缘。我们就这样来找寻梦吧。

梦是一种心境,一种气氛。做完了那个梦,我们醒来时的那一份思绪,便是那梦的几乎全部了。倘是欣喜,不必问梦是什么,快快乐乐地欣喜下去,一天都温馨。这从天上掉下来的礼物,不要问是谁的赠予,尽可能长久地保存就是了。倘是恐惧,赶紧用冷水洗个脸,舒舒服服地另换一个梦做吧。把自己从噩梦里拔出来,犹如把一个萝卜甩掉湿泥,晾在太阳下面。世上确有许多结有恶果的事情,但它们没有一件是因为害怕了而稍微减轻。梦是一件没有结果的事情,更无须怕它。假如遇见了远去的亲人,无论他是在迢迢远方还是已然仙逝,都该相庆。梦是一张黑白相片,会唤起我们悠远的记忆。许多淡忘了的人,栩栩如生地走到我们的面前,笑着同我们打招呼。梦好像给了我们一双特殊的眼睛,白天看不到的东西,晚上却那样清晰。感谢梦把我们同纷乱的尘世隔绝,进入一个纯属个人的世界。为了这一份唯一不会有人插足的恬静,纵是在梦中哭醒,也该擦擦眼泪,然后安然。

我们在清醒时几乎什么都可以说。饮食可说,男女可说,国家大事可说,鸡毛蒜皮可说。语言的原子弹在各个领域爆炸,人类的情绪已被剥离得体无完肤。我们越来越理智,越来越渊博,越来越聪颖,越来越果决……言语的锋芒锐不可当,然而梦像一堵铁壁挡住了它。

你无法形容梦。你不知道它从哪里来,你不知道它要到哪里去。

人类可以在弹指间制造一条试管生命，人类穷尽毕生之力却无法酿造一个随心所欲的酣梦。

祝愿你做个好梦——这声音已响彻了千万年。当第一个猿人在树叶间被噩梦惊醒后，他就面对上苍发出虔诚的祈祷。人类一次次梦幻成真，唯有梦幻本身无法复现。人类能记录下火星上的沟壑，却无法记录梦的曲折。人类可以破译生命的密码，却无法解释梦的征兆。人类可以把地球上所有的生物分类，却不知自己的梦境是一种什么物质。人类已经向宇宙进军，却连朝夕相伴的梦都模棱两可。

梦是人类最后一块神秘的处女地，是上苍递给我们灵魂的幕布。它是远古的祖先一代代积淀下的精神的富矿，它是未来交予我们的无法读懂的复印件。我们的精神在梦境中活泼泼地像蝌蚪一样游弋，把过去与虚幻粗针大线地缝缀在一起，镶嵌成神奇的图案。

常常听到有人说梦。能说的都不是梦。有的人说的是愿望，由于没有勇气，他把它伪装成梦，梦因此成为功利。有的人说的是谎言，由于没有能力，他把它修饰成梦，先骗自己再骗别人。有的人说的是忏悔，于此想减轻灵魂的罪恶，他其实徒劳。有的人天天说梦，他肯定是一个贫穷到连像样的梦都没有的人。

人们在梦上附加了那么多的锁链，梦就蜷曲着，好像很恭顺的样子。

但是，只要睡眠的马车一到，梦的灰姑娘就跳上去，穿着水晶鞋，跳起疯狂的舞蹈。醒来时，我们只看到一条条冰雪的痕迹。

并非日有所思，夜就有所梦。并非黑夜是白天的继续。我们常常在梦里变成自己也不认识的人，一定是梦走错了地方。

真感谢梦。我们在梦里多么美丽，我们在梦里永远年轻。

嘘！别说梦。梦不喜欢被说。它是属于你一个人的，说出来就成了公众的财产。在你说的过程中，它就悄悄地飞走了，只给你留下一片梦蜕。

梦最透明的翅膀是自由。

宁静 有一种 特殊的力量 | 27

宁静有一种特殊的力量，就是不管外界怎样变化无常，都能让你的躯体自在平和。就像一艘在狂风巨浪中保持着稳定的船，你难道不惊异于它锚链的深度和船体的坚固吗？

我喜欢宁静的风景和宁静的人，这使我怡然。我的老师林教授曾经帮我分析过这种爱好的形成。她说，你是不是因为在西藏待得太久了，雪山和冰峰静止不动，久而久之，也就养成了你寂静的性格？

我承认她说得有道理。不过，我的幼儿园老师曾说过，我从小就是一个安静的孩子。

真的是这样吗？我不知道。我知道自己的心里常常翻涌着惊涛骇浪。我知道这是我必须经历的，并不害怕。但我不会很激烈地把它表达出来，我觉得有一些事情要出现，就让它出现好了。我不能阻止它们，但可以平静地面对它们。

我在西藏的高原上，看到过这个世界上最为纯净的水。它们来自亿万年前的冰川。我常常站立在波涛翻卷的狮泉河边发呆，心想，水的力量和生命是多么伟大啊。它们历经沧桑，仍然珠圆玉润，没有一丝疲惫和倦怠。看不到些许的伤痕，更没有皱纹和白发，永远年轻地喧嚣着，如同新生的那一刹那。

我原来是很敬佩山的，但和水相比，山的自我修复能力要差很多，它们只能不由自主地风化下去，不可复原。山只能沿着一条没有回头的路，照直地走下去，大块的岩石崩塌，化为细碎的沙砾，然后继续颓弱，变作齑粉样的泥沙，再衰变为黄土……

人的心，还是像水吧。可以受伤，但永远有痊愈的力量。在大自然面前，人什么都无须保留，只需堂堂正正即可。

28 | 千头万绪
是多少

　　千头万绪这个词，有一种沸沸扬扬的夸张和缠人喉咙的窒息感，让人心境沮丧，捉襟见肘，好像一个泥潭，不留神陷进去，会被它掩了口鼻，呛得眼睛翻白，甚或丢了性命，也说不得。

　　现代人很常用——或者简直就是爱好用这个词，来描绘自己的生存状况。常常听到人们说自己的处境——千头万绪，要干的工作——千头万绪，待处理的事务——千头万绪，须承担的责任——千头万绪……千头万绪几乎成了一条癞皮狗，死缠烂打地咬住每个现代人的脚后跟，斥之不去。

　　千头万绪是一个主观的判断，一个夸张的形容。难道对一个普通人来说，世上就真有一万件事，非得你御驾亲征不可？

　　当我们认定自己进入了千头万绪这一局面的时候，心就先慌了。披头散发，眉毛胡子一把抓，天空也随之阴霾。因为紧迫，就慌不择路。结果是线头越搅越多，原本可以解开的结，也成了死扣。

　　千头万绪有一种邪恶的威慑力，恐惧和慌乱是它的左膀右臂。一旦被这几个魔头统治了心神，我们在灾难的海市蜃楼面前，往往顿失镇定和勇气。

我认识一位女友，当她说到自己的近况时，脸色晦暗，手指颤抖，嘴唇也无目的地扭曲了，显出干涸辙印中小鱼的表情。

她的确是遇到了足够的麻烦。丈夫外遇十年，儿子正逢高考，模拟考试成绩很不理想。她接手奋战了一年的科研项目，已到了关键时刻，她的高血压又犯了，整天头晕。昨天上街由于精神恍惚，被小偷割裂了书包，偷走了上千元钱。她的邻居在装修房屋，每天电钻声吵得她耳鼓几乎爆炸……

有的时候，真想一死了之！千头万绪啊，我看不到一点光明！她这样说，狠狠捶着自己的太阳穴。

我说，我能体会到你心中的痛楚和无奈。你想改变这一切，但感到自己的绝望和孤独。我们先找到一张白纸，把你最感痛苦烦恼的事件写下来，然后我们看看，有什么办法可以逐个解决它们。

洁白的纸，铺在桌面上，如同一片无瑕的雪地。左是起因，右写对策。女友提笔写下：

1.夜里睡不好觉，因为电钻太吵。

我很惊讶地问她，那装修的人家居然敢冒天下之大不韪，在夜里开动电钻？

女友愣了一下，然后说，那倒不是。楼下孀居多年的邻居要结婚了，房屋不整也实在当不了新房。那家事先已出了安民告示，并于晚上八点以后，不再使用电钻。

我说，那么，你睡不好觉，就另有原因，并不能归咎于电钻了。

她对着白纸，看了半天，仿佛不认识自己写下的那一行字。然后把"电钻"云云删去了，在对策一栏里，写下——吃两片安眠药。

继续整理你的烦恼。我说。

2. 丈夫外遇十年。

真是一个折磨人的大难题。我定定神问，你最近才知道吗？她嘶哑地答，早知道了。

我说，你打算最近采取行动，彻底解决这个问题吗？

她思忖着说，时机还不成熟。无论是离婚还是敦促他痛改前非，都需要时间。

我说，那它是可以从长计议的，也就是目前采取的对策是等待。

女友点点头。

3. 昨天丢了一千块钱。

我说，真倒霉啊，对你是雪上加霜。你报案了吗？

她说，报了，但是没寄什么希望。

我说，那就是说，你基本上觉得这笔损失是不可挽回的啦？

她很快地回答，是啊。

我说，不一定啊。也许你不停地愁苦下去，把自己的太阳穴敲出一个透明窟窿，小偷会良心发现，把那笔钱送回来。

她扑哧一声笑了，说，瞧你说的。那小偷根本不知道我是谁，哪怕我今天自杀了，他也不会发慈悲的。

我正色道，说得好。这笔损失，并不因你的痛楚，而有复原的可能。

女友想了想，就把这一条画掉了，重写了一个"3. 孩子考不上大学"。

我陪着她深深地叹了一口气，然后问她，你是直到今天才意识到孩子上大学无望吗？

她摇摇头，说，他学习成绩一直不好，这结果其实已在意料之中。以前总幻想能出现一个奇迹，现在彻底破灭了。

我说，不符合实际的幻想破灭，你说是件好事还是坏事？

她明白了我的用意，但还是很沉重地说，面对残酷的现实，总是让人难以接受。

我说，是啊。但事实是否因你的不接受，而有改变的可能呢？

女友说，我还是希望孩子能有接受高等教育的机会啊。

我说，此次没有考上大学，并不意味着孩子永远失去了接受高等教育的机会。

她突然抓住我的手说，你的意思是，还有机会？

我说，你觉得呢？我记得你就是通过自学直接考取的研究生啊。

她沉默了很长时间，然后一字一顿地说，是啊。孩子已经十八岁了，教会他如何应付困境，也许更重要。于是她写下对策——重新来，继续下去。

4. 高血压。

我说，你的血压是否已经像珠穆朗玛峰一样，成了世界上的第一高峰了呢？

她有些气恼了，说，我真的很痛苦，你却在这里穷开心。

我把脸上的笑容收起，说，对于病，也要有一个战略藐视、战术重视的应对。我相信，你的高血压并非到了药石罔效的地步，只要按时吃药，是可以控制的。你服药很可能不守医嘱。

她有些不好意思，反问，你怎么知道的？

我说，别忘了，我还是有二十多年医龄的老大夫。你瞒不过我的火眼金睛。

女友老老实实地交代说，一忙起来，就忘了。她规规矩矩地写上对策——遵医嘱。

女友的脸色渐渐平稳，但她还是愁肠百结地写下了最后一条。

5.科研任务紧迫。

我说，关于此项艰巨的任务，你承担了一年。现在到了最后攻关阶段，你是否已对自己丧失了信心？

她很坚定地回答，没有。只是我的心情不好，你知道，对一个搞研究的人来说，心情就是生产力啊。

我一拍她的手掌说，你讲得好！但心情纯属你精神领域的感觉，你为什么不能使自己的心情明亮起来呢？

她说，讲得轻松，不挑担子肩不疼。我这里千头万绪，哪里亮得起来！

我含笑说，看看你的千头万绪，还剩下了多少？

那张洁白的纸上，写着：

失眠——吃两片安眠药

丈夫外遇——从长计议

（丢钱——自认倒霉）

儿子未考上大学——重新来

高血压——遵医嘱

科研攻关——好心情

她看了一遍又一遍，好像不相信自己的千头万绪，已细化成如此简明扼要的条款。看来，我只要今晚吃上两片安眠药，明早醒来，阳光依旧灿烂？她有些半信半疑。

我说，当所有的头绪都搅在一起的时候，的确很可怕，它们使我们的心情变得极为恶劣，智力陡然下降，判断连续失误，于是事情就进入了一个更糟糕的怪圈。把它们厘清，列出对策，就可以逐一攻克了。好心情并不来自于一帆风顺，而是生长于从容和坚定的勇气中啊。

女友说，哈！我知道啦！我们每个人都有长出好心情的土地，就看你是否耕耘。

29 | 用宽容治愈焦虑

　　宽容就是允许别人有判断和行动的自由。对不同于自己的观点和行为，哪怕已经预见一切危险的结局，也依然耐心地公正地等待。

　　这一点，好难啊。可能是当过临床心理学家的缘故，听过很多人的故事，知道很多人的结局，这也就让我的人生，在某种程度上记住了很多人的经验。我没有更精湛的远见卓识，只是像一只老啄木鸟，敲击的树干比较多了，对哪里有虫子，判断力稍好。

　　最常有的悲哀，是看到危险渊薮，而当事人还以为是一马平川，逍遥向前。我大声疾呼警示危险，但人们闭目塞听悠哉走去，令我惆怅叹息。时间久了，我也咽喉嘶哑，明知不可为而为之的耐心，渐渐消减。

　　更多的时候，因为当事人并没有征询我的意见，我也不能挺身而出干涉他人的生活，眼睁睁地看着列车出轨，人仰马翻。

　　人要想慈悲地输出智慧，不自作多情，也不是容易事。这种时刻，让我焦灼。时间久了，也想明白了。不能以为焦虑不安就是贡献力量的一种方式，这是弄巧成拙，既帮不了别人，也毁了自己的欢愉。

　　焦虑本身并不是竭尽全力的表达，只是不良心理状态的折磨。

其实，人生并没有一定的对错之分。生命是一个过程，万丈红尘、万千气象都是常态。宽容就是接受不同的人生状态，并不歇斯底里。

一位做儿童心理研究的朋友告诉我，他发给孩子们一张表，让每人填写自己的优缺点和美好的愿望。孩子们很认真地填好了，把表交上来，他一看，登时傻了眼。

很多孩子填的是：优点零，愿望零。

我对世上是否存在没有优点的成人，不敢妄说。但我确知世上绝无没有优点的孩子。我或许相信世上有丧失愿望的老人，但我无法想象没有愿望的孩子将有怎样枯萎的眼神。

不知道愿望和优点，这两样对人有重大激励作用的要素假若排出丧失的顺序，该孰先孰后？是因为丧失了愿望，百无聊赖，才随之沉沦，成为没有优点的少年；还是一个孩子首先被剥夺了所有的优点，心如死灰，之后再也不敢奢谈一丝愿望？也许它们如同绞在一起的铅丝，分不出谁更冰冷。

没有愿望，必是一个死寂的世界。孩子不再期望黎明，因为每一天都被功课塞满，晴天看不到太阳，阴天见不到雪花，日出日落又有何不同。不再留意鲜花，因为世界一片苍白，眼中温暖的色彩变得黯淡。不再珍视夜晚，因为厚重的眼镜遮挡了星光，即使抬头也是睡眼蒙眬。不再盼望得到师长的嘉奖，因为那不过是成人裹了蜜糖的手段……

没有优点的孩子，内心该多么痛楚。有一个胖胖的男孩，当幼儿园老师第一次问："谁觉得自己是个美男子？"他忙不迭地从最后一排挤到前面，表示自己属于其中一员。可惜他紧赶慢赶，动作还是晚了一点，另外有好几个男孩抢在前面，在老师面前自豪地排成一排。没想到老师伶牙俐齿地对他们说："还真有你们这么不知天高地厚的，竟觉得自己是美男子，臊不臊啊？"后来，那几个男孩子开始为自己的容貌羞涩，无法像以前那样快活。

这是一个简单的例子，但也可说明一点问题。每一个渐渐长大的孩子，如果成人爱他，他也会认为自己是可爱的。他会感觉到自己是天地间的一个宝贝，他的生命的存在就是一个大优点。假若成人粗暴地打击他、奚落他、嘲讽他、鞭挞他，那脆弱的小生灵就会被利剪截断双翅，从此萎靡下来，或许就跌落尘埃一蹶不振。

看不到自身优点的人，也必看不到他人的优点。他们的谦恭，可能是高度自卑下的懦弱。他们的服从，可能掩饰着深深的妒忌和反叛。他们的忍让，可能埋藏着刻毒的怨恨。他们的赞美，可能表里不一、信口雌黄……

我认为愿望是人生强大的动力，假若人类丧失愿望，世界就在那一瞬停止了前进的引擎。因为有跑的愿望，人们有了汽车；因为有说话的愿望，人们有了电话；因为有飞的愿望，人们有了卫星；因为有传递和交换的愿望，人们有了互联网……

　　优点和愿望，是孩子们的双腿。希望有一天看到他们填写的表格上这样写着——优点多多，愿望无限。

学医的时候，老师问过一道题："人和动物在解剖形态上的最大区别是什么？"

当学生的争先恐后地发言，都想由自己说出那个正确的答案。

这看起来并不是个很难的问题。

有人说："是站立行走。"先生说："不对。大猩猩也是可以站立的。"

有人说："是懂得用火。"先生不悦道："我问的是生理上的区别，并不是进化上的。"

更有同学答："是劳动创造了人。"先生说："你在社会学上也许可以得满分，但请听清我的问题。"

满室寂然。

先生见我们混沌不悟，自答道："记住，是表情啊。地球上没有任何一种生物有人类这样丰富的表情肌。比如笑吧，一只狗再聪明也是不会笑的。人类的近亲猴子勉强算作会笑，但只能做出龇牙咧嘴一种表情。只有人类，才可以调动面部的所有肌群，调整出不同的笑容，比如微笑，嘲笑，冷笑，狂笑……以表达自身复杂的情感。"我在惊讶中记住了先生的话，认为是至理名言。

近些年来，我开始怀疑先生教了我一条谬误。

乘坐飞机，起飞之前，每次都有空姐为我们演示一遍空中遭遇紧急情形时，如何打开氧气面罩的操作。我乘坐飞机凡数十次，每一次都凝神细察，但从未看清过具体步骤。空姐满面笑容地屹立前舱，脸上很真诚，手上却很敷衍，好像在做一种太极功夫，点到为止，全然顾及不到这种急救措施对乘客是怎样性命攸关的。我分明看到了她们脸上悬挂的笑容和冷淡的心的分离，升起一种被愚弄的感觉。

我有一位相识许久的女友，原是个敢怒敢恨，敢涕泪滂沱、敢笑逐颜开的性情中人。几年不见，不知在哪里读了淑女规范言行的著作，同我谈话的时候身子仄仄地欠着，双膝款款地屈着，嘴角勾勒成一个精致的角度。粗一看，你以为她时时在微笑，细一看，你就捉摸不透她的真表情，心里不禁有些发毛。你若在背后叫她，她是不会立刻回了脸来看你，而是端端地将身体转了过来，从容地瞄着你，说骤然回头会使脖子上的肌肤提前衰老。

她是那样吝啬使用她的表情，虽然她给你一个温馨的外表，却没有丝毫的温度。我看着她，不由得想起儿时戴的大头娃娃面具。

我遇到过一位哭哭啼啼的饭店服务员，说她一切按店方的要求去办，不想却被客人责难。那客人匆忙之中丢失了公文包，要她帮助寻找。客人焦急地述说着，她耐心地倾听着，正思谋着如何帮忙，客人竟勃然大怒了，吼着说："我急得火烧眉毛，你竟然还在笑。你是在嘲笑我吗？"

"我那一刻绝没有笑。"服务员指天咒地对我说。

看她的眼神，我相信是真话。

"那么，你当时做了一个什么表情呢？"我问，恍恍惚惚探到了一点头绪。

"看，我就是这样的……"她侧过脸，把那刻的表情模拟给我。

那是一个职业女性训练有素的程式化的表情，眉梢扬着，嘴角翘着……无论我多么同情她，我还是要说，这是一张空洞漠然的笑脸。

服务员的脸已经被长期的工作，塑造成她自己也不能控制的状态。

表情肌不再表达人类的感情了，或者说它们只表达一种感情，那就是微笑。

我们的生活中曾经排斥微笑，关于那个时代我们已经做了结论。于是我们呼吁微笑、引进微笑、培育微笑，微笑就泛滥起来。荧屏上著名和不著名的男女主持人无时无刻不在微笑，以至于使人不得不产生疑问，我们的生活中真有那么多值得微笑的事情吗？

微笑变得越来越商业化了。他对你微笑，并不表明他的善意，微笑只是金钱的等价物。他对你微笑，并不表明他的诚恳，微笑只是恶战的前奏。他对你微笑，并不说明他想帮助你，微笑只是一种谋略。他对你微笑，并不证明他对你的友谊，微笑只是麻痹你的一重帐幕……

这样的事见得太多之后，我竟对微笑的本质怀疑起来。

亿万年的进化，我们的身体本身就成了一本书。

人的眉毛为什么要如此飞扬，轻松地直抵鬓角？那是因为此刻为鏖战的间隙，我们不必紧皱眉头思考，精神得以豁然舒展。

人的上眼睑肌为什么要如此松弛，使眼裂缩小，眼神迷离，目光不再聚焦？那是因为面对朋友，可以放松警惕敞开心扉，放松自己紧张的神经，不必目光炯炯。

人的口角为什么上挑，不再抿成森然一线？那是因为随时准备开启双唇，倾吐热情的话语，饮下甘甜的琼浆。

因为快乐和友情，从猿到人，演变出了美妙动人的微笑，这是人类无与伦比的财富。笑容像一只模型，把我们脸上的肌肉像羊群一般驯化了，让它们按照微笑的规则排列，随时以备我们的心情调遣。

假若不是服从心情安排，只是表情肌机械的动作，那无异于噩梦中抽筋，除了遗留久久的酸痛，与快乐是毫无关联的。

记得小时候读过大文豪雨果的《笑面人》，一个苦孩子被施了刑法，脸被固定成狂笑的模样。他痛苦不堪，因为他的任何表情，都只能使脸上狂笑的表情更为惨烈。

无时无刻不在笑——这是一种刑罚，它使"笑"这种人类最美丽最优美的表情，蜕化为一种酷刑。

现代自然没有这种刑罚了。但如果不表达自己的心愿，只是一味地微笑着，微笑像画皮一样黏附在我们的脸庞上，像破旧的门帘沉重地垂着，完全失掉了真诚善良的原始含义，那岂不是人类进化的大退步，大哀痛。

　　人类的表情肌除了表达笑容，还用以表达愤怒、悲哀、思索、惆怅以至绝望。它就像天空中的七色彩虹，相辅相成，所有的表情都是完整的人生所必需的，是生命的元素。

　　我们既然具备了流泪的本能，哀伤的时候就该听凭那些满含盐分的浊水淌出体外。血脉偾张、目眦俱裂，不论是为红颜还是为功名，未必不是人生的大境界。额头没有一丝皱纹的美人，只怕血管里流动的都是冰。表情是心情的档案，如果永远只是空白，谁还愿把最重要的记录留在上面？

　　当然，我绝不是主张人人横眉冷对。经过漫长的隧道，我们终于笑起来了，这是一个大进步，但笑也是分阶段，也是有层次的。空洞而浅薄的笑如同盲目的恨和无缘无故的悲哀一样，都是情感的赝品。

　　有一句话叫作"笑比哭好"，我常常怀疑它。笑和哭都是人类的正常情绪反应，谁能说黛玉临终时的笑比哭好呢？

　　痛则大悲，喜则大笑，只要是从心底流出的对世界的真情实感，都是生命之壁的摩崖石刻，经得起岁月风雨的打磨，值得我们久久珍爱。

　　蜜蜂会造蜂巢；蚂蚁会造蚁穴；人会造房屋、机器，造美丽的艺术品和动听的歌。但是，对我们最重要最宝贵的东西——自己的心，谁是它的建造者？

　　孔雀绚丽的羽毛，是大自然物竞天择造出；白杨笔直刺向碧宇，是密集的群体和高远的阳光造出；清香的花草和缤纷的落英，是植物吸引异性繁衍后代的本能造出；卓尔不群坚忍顽强的性格，是禀赋的优异和生活的历练造出。

　　我们的心，是长久地不知不觉地以自己的双手，塑造而成。

　　造心先得有材料。有的心是用钢铁造的，沉黑无比。有的心是用冰雪造的，高洁酷寒。有的心是用丝绸造的，柔滑飘逸。有的心是用玻璃造的，晶莹脆薄。有的心是用竹子造的，锋利多刺。有的心是用木头造的，安稳麻木。有的心是用红土造的，粗糙朴素。有的心是用黄连造的，苦楚不堪。有的心是用垃圾造的，面目可憎。有的心是用谎言造的，百孔千疮。有的心是用尸骸造的，腐恶熏天。

有的心是用眼镜蛇唾液造的，剧毒凶残。

造心要有手艺。一只灵巧的心，缝制得如同金丝荷包。一罐古朴的心，醇厚得好似百年老酒。一枚机敏的心，感应快捷电光石火。一颗潦草的心，门可罗雀疏可走马。一摊胡乱堆就的心，乏善可陈杂乱无章。一片荆棘编织的心，暗设机关处处陷阱。一道半是细腻半是马虎的心，好似白蚁蛀咬的断堤。一个绣花枕头内里虚空的心，是假冒伪劣的心界的水货。

造心需要时间。少则一分一秒，多则一世一生。片刻而成的大智大勇之心，未必就不玲珑。久拖不决的谨小慎微之心，未必就很精致。有的人，小小年纪，就竣工一颗完整坚实之心。有的人，须发皆白，还在心的地基挖土打桩。有的人，半途而废不了了之，把半成品的心扔在荒野。有的人，成百里半九十，丢下不曾结尾的工程。有的人，精雕细刻一辈子，临终还在打磨心的剔透。有的人，粗制滥造一辈子，人未远行，心已灶冷坑灰。

心的边疆，可以造得很大很大。像延展性最好的金箔，铺设整个宇宙，把日月包含。没有一片乌云，可以覆盖心灵辽阔的疆域。没有哪次地震火山，可以彻底颠覆心灵的宏伟建筑。没有任何风暴，可以冻结心灵深处喷涌的温泉。没有某种天灾人祸，可以在秋天，让心的田野颗粒无收。

心的规模，也可能缩得很小很小，只能容纳一个家、一个人、一粒芝麻、一滴病毒。一丝雨，就把它淹没了。一缕风，就把它粉碎了。一句流言，就让它痛不欲生。一个阴谋，就置它万劫不复。

　　心可以很硬，超过人世间已知的任何一款金属。心可以很软，如泣如诉，如绢如帛。心可以很韧，千百次的折损委屈，依旧平整如初。心可以很脆，一个不小心，顿时香消玉碎。

　　造心的时候，可以有很多讲究和设计。

　　比如，预埋下一处心灵的生长点，像一株植物，具有自动修复、自我养护的神奇功能。心受了创伤，它会挺身而出，引导心的休养生息，在最短的时间内，使心整旧如新。

　　比如，高高竖起心灵的避雷针，以便在危急时刻，将毁灭性的灾难导入地下，耐心等待雨过天晴。

　　比如，添加防震防爆的性能，在心灵遭受短时间高强度的残酷打击后，举重若轻，镇定地维持蓬勃稳定。

　　比如……

　　优等的心，不必华丽，但必须坚固。因为人生有太多的压榨和当头一击，会与独行的心灵，在暗夜狭路相逢。如果没有精心的特别设计，简陋的心，很容易横遭伤害一蹶不振，也许从此破罐破摔，再无生机。没有自我康复本领的心灵，是不设防的大门。一汪小伤，便漏尽全身膏血。一星火药，便可烧毁绵延的城堡。

　　心为血之海，那里汇聚着每个人的品格智慧精力情操，心的质量就是人的质量。有一颗仁慈之心，会爱世界爱人爱生活，爱自身也爱大家。有一颗自强之心，会勤学苦练百折不挠，宠辱不惊大智若愚。有一颗尊严之心，会珍惜自然善待万物。有一颗流量充沛羽翼丰满的心，会乘上幻想的航天飞机，抚摸月亮的肩膀。

　　造心是一项艰难漫长的工程，工期也许耗时一生。通常是母亲的手，在最初心灵的模型上，留下永不消退的指纹。所以普天下为人父母者，要珍视这一份特别庄重的义务与责任。

　　当以我手塑我心的时候，一定要找好样板，郑重设计，万不可草率行事。造心当然免不了失败，也很可能会推倒重来。不必气馁，但也不可过于大意。因为心灵的本质，是一种缓慢而精细的物体，太多的揉搓，会破坏它的灵性与感动。

　　造好的心，如同造好的船。当它下水远航时，蓝天在头上飘荡，海鸥在前面飞翔，那是一个神圣的时刻。会有台风，会有巨涛。但一颗美好的心，即使巨轮沉没，它的颗粒也会在海浪中，无畏而快乐地燃烧。

　　那一年我十七岁，在西藏雪域的高原部队当卫生兵，具体工作是化验员。

　　一天，一个小战士拿着化验单找我，要求做一项很特别的检查。医生怀疑他得了一种古怪的病，这个试验可以最后确诊。

　　试验的做法是：先把病人的血抽出来，快速分离出血清。然后在56 ℃的条件下，加温三十分钟。再用这种血清做试验，就可以得出结果。

　　我去找开化验单的医生，说，这个试验我做不了。

　　医生说，化验员，想想办法吧。要是没有这个化验的结果，一切治疗都是盲人摸象。

　　听了医生的话，本着对病人负责的精神，我仔细琢磨了半天，想出一个笨法子，就答应了医生的请求。

　　那个战士的胳膊比红蓝铅笔粗不了多少，抽血的时候面色惨白，好像是要把他的骨髓吸出来了。

我点燃一盏古老的印度油灯。青烟缭绕如丝，好像有童话从雪亮的玻璃罩子里飘出。柔和的茄蓝色火焰吐出稀薄的热度，将高原严寒的空气炙出些微的温暖。我特意做了一个铁架子，支在油灯的上方。架子上安放一只盛水的烧杯，杯里斜插水温计，红色的汞柱好像一条冬眠的小蛇，随着水温的渐渐升高而舒展身躯。

当烧杯中水温到 56 ℃的时候，我手疾眼快地把盛着血清的试管放入水中，然后双眼一眨不眨地盯着温度计。当温度升高的时候，就把油灯向铁架子的边缘移动。当水温略有下降的趋势，就把火焰向烧杯的中心移去。像一个烘烤面包的大师傅，精心保持着血清温度的恒定……

时间艰难地在油灯的移动中前进，大约到了第二十八分钟的时候，一个好朋友推门进来。她看我目光炯炯的样子，大叫了一声说，你不是在闹鬼吧，大白天点了盏油灯?!

我瞪了她一眼说，我是在全心全意地为病人服务，正像孵小鸡一样地给血清加温呢!

她说，什么血清? 血清在哪里?

我说，血清就在烧杯里呀。

我用目光引导着她去看我的发明创造。当我注视水温计的时候，看到红线已经膨胀到 70 ℃。我劈手捞出血清试管，可就在这一句话的工夫，原本像澄清茶水一般流动的血清，已经在热力的作用下，凝固得像一块古旧的琥珀。

完了! 血清已像鸡蛋一样被我煮熟，标本作废，再也无法完成试验。

我恨不得将油灯打得粉碎。但是油灯粉身碎骨也于事无补，我不该在关键时刻信马由缰。现在面临的问题是我该怎么办，空白化验单像一张问询的苦脸，我不知填上怎样的回答。

最好的办法是找病人再抽上一管鲜血，一切让我们重新开始，但是病人惜血如命，我如何向他解释？就说我的工作失误了吗？那是多么没有面子的事情！人人都知道我是一个尽职尽责的好化验员，这不是给自己抹黑吗？

想啊想，我终于设计出了如何对病人开口的说辞。

我把那个小个子兵叫来，由于对疾病的恐惧，他如惊弓之鸟战战兢兢。

我不看他的脸，压抑着心跳，用一个十七岁女孩可以装出的最大严肃对他说，我已经检查了你的血，可能……

他的脸唰地变成霜地，颤抖着嗓音问，我的血是不是有问题？我是不是得了重病？

这个……你知道像这样的检查，应该是很慎重的，单凭一次结果很难下最后的结论……

说完这句话，我故意长时间地沉吟着，一副模棱两可的样子，让他在恐惧的炭火中慢慢煎熬，直到相信自己罹患重疾。

他瘦弱的头颅点得像啄木鸟，说，我给你添了麻烦，可是得了这样的病，没办法……

我说，我不怕麻烦，只是本着对你负责，对你的病负责的态度，还要为你复查一遍，结果才更可靠。

他苍白的脸立刻充满血液，眼里闪出星星点点的水斑。他说，化验员，真是太谢谢了，想不到你这样年轻，心地这样好，想得这么周到。

小个子说着，几乎是迫不及待地撸起袖子，露出细细的臂膀，让我再次抽他的血。

我心里窃笑着，脸上还做出不情愿的样子，很矜持地用针扎进他的血管。这一回，为了保险，我特意抽了满满的两管鲜血，以防万一。

古老的油灯又一次青烟缭绕，我自始至终都不敢大意，终于取得了结果。

他的血清呈阴性反应。也就是说他没有病。

再次见到小个子的时候，他对我千恩万谢。他说，化验员哪，你可真是认真哪。那一次通知我复查，我想一定是我有病，吓死我了。这几天，我思前想后，把一辈子的事都想了一遍。幸亏又查了一次，证明我没病。你为病人真是不怕辛苦啊！

我抿着嘴不吭声。

后来领导和同志们知道了这件事，都夸我工作认真并谦虚谨慎。

在以后很长的时间里，我都为自己当时的灵动机智而得意。

我的年纪渐长，青春离我远去，肌体像奔跑过久的拖拉机，开始穿越病魔布下的沼泽。有一天，当我也面临重病的笼罩，对最后的化验结果望穿秋水的时候，我才懂得了自己当年的残忍。我对医生的一颦一笑察言观色，我千百次地咀嚼护士无意的话语。我明白了，当人们忐忑在生死边缘时，心灵是无比脆弱的。

为了掩盖自己一个小小的过失，不惜粗暴地弹拨病人弓弦般紧张的神经，我感到深深的懊悔。

我们可以吓唬别人，但不可吓唬病人。当他们患病的时候，精神是一片深秋的旷野，无论多么轻微的寒风，都会引起萧萧黄叶的凋零。

让我们像呵护水晶一样呵护人的心灵。

二十年前，我在西部边陲的某部队留守处当军医，主要给随军家属看病。婆姨们的男人都在昆仑山上戍边，家里母子平安，前方的将士就英勇。我的工作很重要。

家眷都是从天南地北会聚来的。原来在农村，地广人稀，空气新鲜，不易患病。现在像羊群似的赶在一起，加之西北干燥寒冷，病人不断，忙得我不亦乐乎。

我的助手是卫生员小鲁，一个四川籍的小个子兵，长得没什么特色，只是一对眼睛又黑又亮，叽里咕噜地转，像蜜炼的中药丸。正是"文化大革命"期间，他没接受过正规培训，连劳动带扔手榴弹加在一起，算是上了几个月的卫生员训练班。不过他心灵手巧，打针、换药、针灸都在行。每天围着我问这问那，总说学好了本领，回家给他奶奶瞧病去。他奶奶有很严重的气管炎，喘得像堵了一半的烟筒。

一天，他对我说，毕医生，我想买点青霉素给我奶奶治病。我给他开了处方，他买了药寄回去。过了些日子，他说奶奶的病比以前好多了，我们都为他高兴。可是青霉素用完了，想再买些。我又给他开了处方，这次他没拿到药。领导说药不多了，工作人员不能老自己买，得留给病人用。

边防站乔站长的独生子小旗病了。我开了青霉素给他打针，那剂量对一个五岁的孩子来说，足够大的。我向来崇尚毛主席老人家说的集中优势兵力，打歼灭战的计策，用地毯式轰炸。

连续打了四天针，孩子的病势丝毫不见轻。我很纳闷，这种怪症最近不断出现，用药像泼凉水一样。好像是一种极耐药的病菌侵袭了孩子。

有人说，这医生的医术不高。这么年轻，自己没生过孩子，哪里会给孩子瞧病？

我说，我还没上过战场呢，可我治好过枪伤。

人们不再说什么，但孩子的病日渐沉重。我只有查书，把厚厚的书页翻得如同柳絮飞花，怕自己贻误了小小的生命。

终于有一天，小旗的妈妈怯生生地问我，您给我儿开的药，是一瓶还是半瓶？

我说，是一瓶啊。

她有些迟疑地说，那小鲁给我家小旗每次打的都是半瓶。

我的心嗖一下紧缩成一团，像腊月天里一个冻硬了的馒头。这个小鲁！一定是他克扣了病人的药品，把青霉素私存起来，预备寄回家。

小鲁呀小鲁，这不是儿戏，人命关天！

我该怎么办？

当下顶要紧的是赶快给小旗补上一针。

之后我想了许久。

报告领导吗，小鲁从此就毁了。贪污病人的药品，就是贪污病人的生命。置之不理，更不行。要是让病人家属知道了，要是病人因此有个三长两短，非得有人找他拼命。

我把小鲁叫出来，对他说，小旗的病若是治不好，会转成肾炎、关节炎、心脏病……

他惊愕地瞪圆眼睛，说真有这么严重？没有人给我们讲过这些，训练班里就讲过打针的时候要慢慢推药，病人不疼。

我说，我知道你惦记你的奶奶，可你知道每一个病人都有亲人。你的心里除了装着你的奶奶，也要给别人留个地方……

我说，你不要以为打针不过是把一些水推到肉里，就像盐进了大海，谁也看不见。不是的，科学是谁也蒙骗不了的，用了什么药该出现什么疗效，那是一定的。假如出了意外，那可就是出了医院进法院……

他的脸变得像包中药丸的蜡壳一样白。

毕医生，我……我……

我赶快堵住他的嘴。哦，别说。什么也别说。世界上有些事情，记住，永不要说。

你不说，就没有任何人知道。

你不知道我不知道，我们永远都不需要知道。不要把错误想得那么分明。不要去讨论那个过程，把它像标本一样在记忆中固定。有些事情不值得总结，忘记它的最好方法就是绝不回头。也许那事情很严重，但最大的改正是永不重复。

小鲁的眼泪流下来。我不怕眼泪，我怕他说话。还好，他很聪明，听懂了我的话，什么也没有说。

我长长地吁了一口气。

后来，小旗的病很快好了，留守处再也没有出现过用药不灵的怪症。

再后来，小鲁因为工作认真负责，对病人春风般温暖，被送到军医大学学习，成了一名很优秀的医生。

只是不知他奶奶的病好了没有。有这么孝顺的孙子，该是好了的。

善解人意通常是一个优点，但太过善解人意就成了缺点。你无法发现自己的真正想法，它刚一冒头，就淹没在他人意愿的滔天洪水之中了。善解人意的表达在有些时候就变成了"讨好"。

在人们的印象里，善解人意是个褒义词，尤其是贤惠女子的必备条件。君不见征婚启事中，众多男人都要求将来成为自己妻子的女人要善解人意。这其实是半句话，下半句话是什么呢？就是你既然懂得了我的意思，就请照我的意思去执行吧。

他们为什么不把下半句话也明明白白地说出来呢？因为理论上大家都是平等的，不好意思说"将来在家里，要以我的意见为主"这样独裁霸道的话，就偷梁换柱改换成了这种看似美德，实际上是不平等条约的要求。

如若不信，那么我们换一种说法。如果我们夸赞哪个男生最出众的品质是"善解人意"，恐怕人们会嗤之以鼻，觉得这个人是不是女里女气的，没点男子汉的气概啊。

这就是"善解人意"的苦涩内核。

所以，如果说这世界上真有"善解人意"的优点，你首先要善解自己的意思。不要牺牲了自我，去成全别人的意思。你的"人意"我要能"解"，我的"人意"请你也要能"解"，大家彼此都善解人意，游戏才可以长久地玩下去。

那天，一位姑娘走进我的心理诊室，文文静静地坐下了。她的登记表上咨询缘由一栏，空无一字。也就是说，她不想留下任何信息表明自己的困境。我按照登记表上的字迹，轻轻地叫出她的名字——苏蓉，你好。

苏蓉愣了一下，是聪明人特有的那种极其短暂的愣怔，瞬忽就闪过了，轻轻地点点头。但我还是觉出她对自己名字的生疏，回答的迟疑超过了正常人的反应时间。这只有一个解释，那就是"苏蓉"二字不是她的真名。

因为诊所对外接诊，我们不可能核对来者的真实身份，很多人出于种种考虑，登记表上填的都是假名。

名字可以是假的，但我相信她的痛苦是真的。

我打量着她。衣着颜色黯淡却不失时髦，看得出价格不菲。脸色不好，但在精心粉饰之下，有一种凄清的美丽。眉头紧蹙，口唇边已经出现了常常咬紧牙关的人特有的纵向皱纹。

我说，只要不危及你自身和他人的安全，只要无关违犯法律的问题，我们这里对来访者的情况是严格保密的。我希望你能填写出你来心理咨询的缘由，这样，你对自己的问题可以有一个梳理，我作为咨询师，也可以更清晰地了解你的情况，加快工作。

听了我的话，她沉吟了一下，抓起茶几上的黑色签字笔，在表格"咨询缘由"一栏上，写下了这样一行字：

"怨恨还是快乐？我不知道。这是一个问题。"

这句话套自莎士比亚的《哈姆雷特》中王子的独白 ——"生存还是死亡，这是一个问题！"看来，这位美丽的姑娘为此已思考了很久。

我点点头，表示明白她的困境。对一般人来说，在怨恨和快乐之间做出选择，根本就不是一个问题。所有的人都会毫不迟疑地选择快乐，这是唯一的答案，此刻的苏蓉却深受困扰。不管她的真名叫什么，我都按照她为自己选定的名字称她"苏蓉"。此时此刻，名字并不重要，重要的是她真实的苦恼和深在的混沌。

我说，苏蓉，究竟发生了什么，让你如此迷茫？

她微微侧了一下身子，好像要抵挡正面袭来的冷风。

我得了乳腺癌，您想不到吧？不但您想不到，我也想不到。乳腺癌的发病率越来越高，发病年龄越来越低。我还没有结婚，青春才刚刚开始。直到我躺在手术台上，刀子划进我胸前皮肤的时候，我还是根本不相信这个诊断。我想，做完了手术，医生们就会宣布这是一个天大的误会。没想到病理检验确认了癌症，我在听到报告的那一刻，觉得脚下的大地裂了一道黑缝，我直挺挺地掉了下去，不停地坠呀坠，总也找不到落脚的支点。那是持续的崩塌之感，我彻底垮了。紧接着是六个疗程的化疗，头发被连根拔起，每天看着护工扫地时满簸箕的头发，我的心里比头发还要纷乱。胸前刀疤横劈，胳膊无法抬起，手指一直水肿……好了，关于乳腺癌术后的这些凄惨情况，我知道您写过这方面的书，我也就不多重复。总之，从那一刀开始，我的生活被彻底改变了……

一番话凄惨悲恸，我充满关切地望着这个年轻姑娘，感觉到她所遭遇到的巨大困境。她接着说，我辞了外企的高薪工作，目前在家休养。我想，我的生命很有限了，我要用这有限的生命来做三件事情。

哪三件事情呢？我很感兴趣。

第一件事，用我余生的所有时间来恨我的母亲……

无论我怎样克制自己的情绪，还是不由自主地把震惊之色写满一脸。我听过很多病人的陈述，在心理咨询室里也接待过若干癌症晚期病人的咨询。深知重病之时，正是期待家人支持的关键时刻，这位姑娘，怎能如此决绝地痛恨自己的母亲呢？

她看出了我的大惑，说，您不要以为我有一个继母。我是我母亲的亲生女儿，我的母亲是一名医生。以前的事情就不去说它了，母亲一直对我很好，但天下所有的母亲都对自己的女儿好，这很正常，没有什么特别的。我要说的是在得知我病了以后，她惊慌失措，甚至比我还要不冷静。她没有给过我任何关于保乳治疗的建议，每天只是重复说着一句话，快做手术快做手术！我一个外行人，主修的专业是对外贸易，简直就是一个医盲。因为我是当事人，肿瘤到底是良性还是恶性的，医生也没敢说得太明确。但我妈妈知道所有的情况，可她就没有深入地调查研究，也没有请教更多的专家，也不知道还有保存乳房治疗乳腺癌的方法，就让那残忍的一刀切下来了。时至今日，我不恨给我主刀的医生，他只是例行公事，一年中经他的手术切下的脏器，也许能装满一辆宝马车。我咬牙切齿地痛恨我母亲。她身为医生，唯一的女儿得了这样的重病，她为什么不千方百计地想办法，为什么不替还没成家、还没有孩子的女儿多考虑一番?! 她对我不负责任，所以我刻骨铭心地恨她。

我要做的第二件事是死死绑住一个男人，苏蓉说。

看到我不解的表情，她重复道，是绑住他，用复仇的绳索五花大绑。这个男人是我在工作中认识的，很有风度，也很英俊。他有家室，以前我们是情人关系，常在一起度周末，彼此愉悦。我知道这不符合毕老师您这一代人的道德标准，但对我来说是无所谓的事情。我从来没有要求他承诺什么，也不想拆散他的家庭，因为那时我还有对人生和幸福的通盘设计，和他交往不过是权宜之计。他喜欢我，我也喜欢他，我不贪图他的钱财，他也不必对这段婚外情负有什么责任。可是，当我手术以后重新看待这段感情的时候，我的想法大不相同了。今非昔比，我已经失去了一只乳房，作为一个女人，我已不再完整。这个残缺丑陋的身体，连我自己都无法接受更不能设想把它展现在其他的男人面前。我的这位高大的情人，是这个世界上见证过我的完整、我的美丽的最后一个男人了。我爱他，珍惜他，我期待他回报我以同样的爱恋。我对他说，你得离婚娶我。他说，苏蓉，我们不是说好了各自保留空间，就像两条铁轨，上面行驶着风驰电掣的火车，但铁轨本身是永不交叉的。我说，那是以前，现在情况不同了。打个比方吧，我原本是辆红色的小火车，有名利，有地位，有钱，有高学历，拉着汽笛风驰电掣隆隆向前，人们都羡慕地看着我。现在，火车脱轨了，零件散落一地，残骸中还藏着几颗定时炸弹，随时都可能引爆。车颠覆了，铁轨就扭缠到一起了，你中有我，我中有你。要么永不分开，要么玉石俱焚。听了我的决绝表态，他吓坏了，说要好好考虑一下。这一考虑就是一个月杳无音信。以前他的手机短信长得几乎像小作文，充满了柔情蜜意，现在消失得无影无踪。我不知道他考虑的结果如何，如果他同意离婚后和我结婚，那这第二颗定时炸弹的雷管，我就暂时拔下来。如果他不同意，我就把他和我的关系公布于众。他是有身份、好脸面的人，不敢惹翻我，我会继续不择手段地逼他，直到他答应或是我们同归于尽……

　　我要做的第三件事，是拼命买昂贵的首饰。只有这些金光闪闪和晶莹剔透的小物件，才能挽留住我的脚步。我常常沉浸在死亡的想象之中，找不到生存的意义。我平均每两星期就有一次自杀的冲动，唯有想到这些精美的首饰，在我死后，不知要流落到什么样的人手里，才会生出一缕对生的眷恋。是黄金的项圈套住我的性命，是钻石的耳环锁起我对人间最后的温情，是水晶摆件映出的我的脸庞，让我感知到生命是如此年轻，还存在于我的皮肤之下……

　　她的目光没有焦点，嘴唇不停地翕动着，声音很小，有一种看淡生死之后的漠然和坦率，但也具有猛烈的杀伤力。我的心随之颤抖，看出了这伴装镇定之下的苦苦挣扎。

她又向我摊开了所有的医疗文件，她的乳腺癌并非晚期，目前所有的检查结果也都还在正常范围之内。

我确信她的生命受到了严重的威胁，但这不是来自那个被病理切片证实了的生理的癌症，而是她在癌症击打之下被粉碎了的自信和尊严。癌症本身并非不治之症，癌症之后的忧郁和愤怒、无奈和恐惧、孤独和放弃、锁闭和沉沦……才是最危险的杀手。

我问她，你为什么得了癌症呢？

苏蓉干燥的嘴唇张了几张，说，毕老师您这不是难为我吗？不单我不知道自己是怎样得了癌症的，就连全世界的医学专家都还没有研究出癌症的确切起因。我当然想知道，可是我不知道。

我说，苏蓉，你说得很对。每一个得了癌症的人都要探寻原因，他们百思不得其解。而人是追求因果的动物，越是找不到原因的事，就越要归纳出一个症结。在你罹患癌症之后，你的愤怒、你的恐惧、你的绝望，包括你的惊骇和无助，你都要为自己的满腔悲愤找到一个出口。这个出口，你就选定在……

苏蓉真是个绝顶聪明的女孩，我的话刚说到这里，她就抢先道，哦，我明白了，您的意思是我把得了癌症之后所有的痛苦伤感都归因到了我母亲身上？

我说，具体怎样评价你和你母亲的关系，这是一个很复杂的课题，我们也许还要进行漫长的讨论。但我想澄清的一点是，你母亲是你得癌症的首要原因吗？

苏蓉难得地苦笑了一下，说，那当然不是了。

我说，你母亲是一个治疗乳腺病方面的专家吗？

苏蓉说，我母亲是保健院的一名基层大夫，她最擅长的是给小打小闹的伤口抹碘酒和用埋线疗法治痔疮。

我又说，给你开刀的主治医生是个专家吧？

苏蓉很肯定地说，是专家。我在看病的问题上是个完美主义者，每次到了医院，都是点最贵的专家看病。

我接着说，你觉得主刀大夫和你妈妈的医术比起来，谁更高明一些呢？

苏蓉有点不高兴了，说，这难道还用比吗？当然是我的主刀医生更高明了，人家是在英国皇家医学院进修过的大牌。

我一点都不生气，因为这正是我所期待的回答。我说，苏蓉，既然主刀医生都没有为你制订出保乳治疗的方案，你为什么不恨他？

苏蓉张口结舌，嗫嚅了好半天才回答道，我恨人家干什么？人家又不是我家的人。

我说，关键就在这里了。关于你母亲在你生病之后的反应，我相信肯定不是十全十美的，如果给她以足够的时间，也许她会为你做得更充分一些。没有为你进行保乳治疗的责任，主要不是在你母亲身上。这一点，不知道你是否同意？

苏蓉沉默了一会儿，说，我同意。

我说，一个人成人之后，得病就是自己的事情了。你可以生气，却不可以长久地沉浸其中，无法自拔。你可以愤怒，却不可以将这愤怒转嫁给他人。你可以研究自己的疾病，但是不要寄托于太理想、太完美的方案。你可以选择和疾病抗争到底，也可以一蹶不振，以泪洗面，这都是自己的事情。只有心理上长不大的人，才会在得病的时候又恢复成一个小女孩的幼稚心理。在我们的文化中，有一种值得商榷的现象。比如，小孩子学走路的时候，如果他不小心摔了一跤，当妈妈的会赶快跑过去，搀扶起自己的孩子，心疼地说，哎呀，是什么把我们宝宝碰疼了啊？原来是这个桌子腿啊！原来是这个破砖头啊！好了好了，看妈妈打这个桌子腿，看妈妈砸这个破砖头！如果身旁连桌子腿、破砖头这样的原因都找不到，看着大哭不止的宝宝，妈妈会说，宝宝不哭了，都是妈妈不好，没有照顾好你。有的妈妈还会特地买来一些好吃的、好玩的东西哄宝宝……久而久之，宝宝会觉得如果受到了伤害，必定是身边的人的责任——

我的话还没有说完，苏蓉就忍不住微笑起来，说，您好像认识我妈妈一样，她就是这样宠着我的。现在我意识到了，身患病痛是自己的事情，不必怨天尤人。我已长大，已能独立面对命运的残酷挑战并负起英勇还击的责任。

苏蓉其后接受了多次的心理咨询，并且到医院就诊，口服了抗抑郁的药物。在双重治疗之下，她一天天坚强起来。在第一颗定时炸弹摘下雷管之后，我们开始讨论那个高大的男人。

我说，你认为他爱你吗？

苏蓉充满困惑地说，不知道。有时候好像觉得是爱的，有时又觉得不爱。比如，自从我对他下过最后通牒之后，他就一个劲儿地躲着我。其实，在今天的通信手段之下，没有什么人是能够彻底躲得掉另外一个人的。我只要想找到他，天涯海角都难不住我。我只是还没有最后决定。

我说，苏蓉，以我的判断，你在现在的时刻是格外需要真挚的爱情的。

苏蓉的眼睛里立刻蓄满了泪水，她说，是啊，我特别需要一个人能和我共同走过剩下的人生。

我说，你觉得这个人可靠吗？

这一次，苏蓉很快回答道，不可靠。

我说，把自己的生命和一个不可靠的人联系在一起，我只能想象成一出浩大悲剧的幕布。

苏蓉幽幽地吐出一口长气说，如果我是一个完整的女人，我会很清楚自己该怎么办。但是，我已残缺。

我说，谁认为一个动过手术的女人就不配争取幸福？谁认为身体的残缺就等同于人生的不幸？这才是最大的荒谬呢！

苏蓉那一天久久地没有说话。我等待着她。沉默有的时候是哺育力量的襁褓。毕竟，这是一个严峻到残酷的问题，谁都无法代替她思考和决定。

后来她对我说，回家后流了很多的泪，纸巾用光了好几盒。她终于有能力对自己说，我虽然切除了一侧乳房，依然是完整的女人，依然有权利昂然追求自己的幸福。哪个男人能坦然地接受我，珍惜我，看到我的心灵，这才是爱情的坚实基础。建立在要挟和控制之上的情人关系，我不再保留。

我们最后谈到的问题，是那些美丽的首饰。

我说，我也喜欢首饰呢，但是仅仅限于在首饰店中隔着厚厚的玻璃欣赏。我记得一位名人说过，全世界的女人都喜欢首饰和丝绸，喜欢它们闪闪发亮的光泽和透明润滑的质感。面对钻石的时候，会感觉到几千万年的压力和锤炼才能成就的那种非凡光辉。

苏蓉一副遇到知己的快乐表情，说，您也喜欢首饰，这太好了。我说，首饰虽好，但生活本身更美好。让我留在这个世界上的动力，是我要做的事情和我身边的友情，当然，还有快乐。

苏蓉轻轻笑道，我的看法和您是一致的。从此以后，我会节制自己买首饰的欲望。可能常去看看，但不会疯狂地购买了。至于以前买下的首饰嘛，我想自己留下一部分，然后把一些送给朋友们。

我还是很喜爱金光闪闪和玲珑剔透的小物件，但我不必把它们像铁锚一样紧紧地抓在手里，生怕一松手遗失了它们，就等于丢掉了自己的性命……我不必用没有温度的首饰来锁住自己，相反，我将用它们把我的生活打扮得更光彩夺目。

终于，分离的日子到了。当最后一个疗程结束，苏蓉走出诊室的时候，我目送着她。我已经无数次经历过这样的时刻，伤感又令人振奋。一个心理咨询师所有的努力，都是为着这一天的早日到来。苏蓉握着我的手说，毕老师，我就不和您说再见了，咱们就此别过。因为我不想再见到您了。这不等于说我不感谢您，不怀念您。也许正是因为知道难得再见，我的思念会更加持久和惆怅。今后的某一天，也许是黎明日出时分，也许是皓月当空的时候，也许是正中午也说不定，您的耳朵根子会突然发热，那就是我在远方深情地呼唤着您。我不见您，是相信我自己有能力对付癌症，不论是身体的癌症还是心理上的癌症，只要精神不屈，它们就会败退。怨恨和快乐，这不再是一个问题，今后的关键是我如何建立自己的心情乐园。顺便说一句，即使我的癌症复发，即使我的生命走到尽头，我相信，只要我有意识地选择快乐，谁又能阻挡我呢？

她的美丽和从容，让我充满了感动。我微笑着和她道别，遵循她的意愿，也希望自己永远不再见到她。有的时候，也许是半夜时分，也许是风中雨中，耳朵并没发热，也会想起她来。我不知道她是否已经和母亲建立起了新型的关系，也不知道她是否找到了心仪的男友，不知道她的首饰盒里可曾增添了新的成员。但我很快地对自己说，相信苏蓉吧，她已经成功地把三颗炸弹摘除，重新开始了自己新的生活。

37 | 再祝你平安

　　那天接到一个电话，很陌生的女声，轻柔中隐含压抑，说："毕老师，我想跟您谈谈。"

　　我说："啊，你好。此时我正在工作，以后再谈，好吗？"

　　那女人说："我可能没有以后了，或者说以后的我就和现在的我不一样了。我是您的读者。一次您在劳动人民文化宫签名售书，我买过您的书。那天孩子正生病，因为喜欢您，我是抱着生病的儿子去的。当时我还请您在书上留一句话，您想了想，下笔写的是'祝你和孩子平安'。一般不会这样给人留字，是不是？而且您并不是写'祝全家平安'。您没提到我的丈夫，您只说我和孩子。您那时一定就已看穿了我的命运，我那时是平安的。不，按时间推算，那时我就已经不平安了，但我不知道，我以为自己是平安的。现在，我不平安了，很不平安。我怎么办？我不能和任何人说我的事，心乱如麻。我狂躁地想放纵一下自己，那样也许会使我解脱。起码世上可以有人和我一样受罪受苦，我没准会好一些……"

　　我一边听着她的话，一边竭力回忆着，售书……生病的孩子……可惜什么也记不清。我是经常祝人平安的，觉得这是一种看似浅淡其实很值得珍惜的状态。沉默中，我知道自己不能轻易放下话筒，在电话的那一边，有一颗哭泣而战栗的心灵。

　　我假装茅塞顿开，说："哦，是！我想起来了。你别急，慢慢说，好吗？现在我已经把电脑关了，什么都不写了，专门听你说话。"

　　女人停顿了片刻，很坚决很平静地说："毕老师，我得了梅毒。"

　　那一瞬，我顿生厌恶，差点将话筒扔了。以我当过多年医生的阅历原不该如此震动，但我认为，一位有着如此清宁嗓音并且热爱读书的女人，是不该得这种病的。

　　也许正因为长久行医的训练，我在片刻憎恶后重燃了普度众生的慈悲心。你可以拒绝一个素昧平生的读者，但你不能拒绝一个殷殷求助的病人。

　　我说："得了梅毒，要抓紧治。别去街上乱贴广告的江湖郎中那儿瞎看，一定要到正规的医院就诊。不要讳疾忌医，有什么症状就对医生如实说啊。"

　　女人说："毕老师，您没有看不起我，我很感动。这不是我的错，是我丈夫把脏病传染给我的。我们是大学同学，整整四年啊，我们沉浸在相知的快乐中。我总想，有的人一辈子也找不到自己的那一半，但我在这样年轻的时候，一下子就碰上了，这是老天对我的恩惠，像中了一个十万分之一的大奖。毕业之后，我留在北京，他分到外地。好在他工作的机动性很强，几乎每个月都能找到机会回京。后来我们

有了孩子，相亲相爱。也许因为聚少离多，从来不吵架，比人家厮守
在一起的夫妻还亲近甜蜜。从去年下半年开始，他突然不回家了。你
说他不恋家吧，他几乎每天给家里打个长途电话，花的电话费就海了
去了，没完没了地跟我说些鸡毛蒜皮的事，可就是人不回来，连春节
也是在外面过的。前些日子，他总算归家了，但一副心事重重的样子。
问他，什么也不说。哪怕这样，我一点疑心也不曾起过，我相信他比
相信自己还坚决，就算整个世界都黑了，我们也是两个互相温暖的亮
点。后来，我突然发现自己得了奇怪的病，告诉他后，他的脸变得惨
白，说：'我怕牵连了你，一直不敢回家。事情过去这么长时间了，
我以为自己已经完全治好了，才回来。终是没躲过，害了你。'

　　"我摇着他的身子大喊道：'到底是怎么回事，你老老实实说清
楚！'

　　"他说：'一次，真的只有一次。我陪着上面来的领导到歌厅，
他叫了'小姐'，问我要不要？我刚开始说不要，那领导的脸色就不
好看，意思是我若不要'小姐'，他就不能尽兴。我怕得罪领导，就
要了……事情就这么简单。三个星期后，我发现自己烂了，赶紧治。
那一段时期，我的神经快要崩溃了，天天给家打电话，但没法解脱。
现在我把一切都告诉你了，我对不起你，听凭你处置。无论你采取怎
样严厉的制裁，我都接受。'

　　"这是三天前的事。说完，他就走了。我查了书，《本草纲目》
上说： 杨梅疮古方不载，亦无病者。近时起于岭表，传及四方……
他正是在广州染上的。三天了，我没合一下眼，没吃一口饭，只喝

一点水，因为我还得照料孩子……我甚至也没想看病的事，因为我要是准备死，病也就不重要了……"

听到这里，我猛地打断她的话，说："你先听我说几句，好吗？我行过二十多年医，早年当过医院的化验员，在高倍显微镜下观察过活的梅毒螺旋体。那是一些细小的螺丝样的苍白生物，在新鲜的墨汁里（唯有对梅毒菌，采取这种古怪的检验方式）会像香槟酒的开瓶器一样呈钻头样垂直扭动。它们简陋而邪恶，同时也是软弱和不堪一击的，在40℃的温度下，转眼就会死亡。"

我顿了一下，但不给她插话的间隙，很快接着说："你一个良家妇女、一个受过高等教育的知识女性、一个贤惠温良的妻子、一个严谨家庭出身的女儿、一个可爱男孩的母亲，就这样为了一种别人强加给你的微小病菌，自己截断生命之弦吗？你若死了，就是败在长度只有十几微米的苍白的螺旋体手里！"

电话在远方沉寂了很久很久，她才说："毕老师，我不死了。但我要报复。"

我说："好啊。在这样的仇恨之前，不报复怎能算血性女人。只是，你将报复谁？"

她说："报复一个追求我的领导。他也是那种寻花问柳的恶棍，我一直全力地躲避他，但这回，我将主动迎上去诱惑！虽然这个领导不是那个领导，但骨子里他们是一样的，我必让他身败名裂。"

我说："对这种人，不必污了我们的净手。他放浪形骸，螺旋体、淋病菌和艾滋病毒自会惩罚他。等着瞧，病菌有时比人类社会的法则更快捷更公平。"

女人叹了一口气说："好吧，我依您。可我满腔愁苦何处诉？日月无光、天塌地陷啊！"

我说："事情真有那么严重吗？你还是你，尽管身上此时存了被人暗下的病菌，但灵魂依旧清白如雪。"

她说："我丈夫摧毁了我的信念。此刻，我万念俱灰。"

我说："女人的信念仅仅因为丈夫而存在吗？当我们不曾有丈夫的时候，我们信谁？信自己！当丈夫背叛堕落的时候，我们信谁？信自己！当丈夫因为种种理由离我们而去的时候，我们信谁？信自己！丈夫再好，也是外部世界的一部分，变与不变，自有它的轨道，不依我们指挥。世上唯一可以永远依傍、永不动摇的，是我们自己的心灵与意志。"

电话的那一端，声响全无。许久许久，我几乎以为线路已断。当那女人重新讲话的时候，音量骤大了30%。

"您能告诉我，我今后怎么办？原谅我的丈夫吗？我是一个尊严感很强的女人，无法在今后漫长的岁月里假装忘记了这件事。不忘记就无法原谅。解散这个家，所有的人都会问这是为什么。内幕就得大白天下，我也无法面对周围人和亲友悲悯的目光。我想，有没有既凑合着过下去又让我心境平衡的办法呢？只有一个方子，就是我也自选一个短儿、一个瑕疵，我和丈夫就半斤对八两了。我有一位大学男同学，对我很好。我想，等我治好病以后，当然是完完全全地好了，我就把一切告诉他，和他交一次欢，这样我和丈夫就扯平了，我的痛苦就会麻痹。您说，我是否有权利这样做？"她急切地询问，好像在洪水中扑打逃生的门板。

这一回，轮到我长久地踌躇了。我不是心理医生，不知该如何准确地回答她，只好凭感觉说："我认为，在不违反法律的情形下，你有权利做自己想做的事。但在这之前，请三思而后行，以错误去对抗一个错误，并不像三岔路口的折返，也许会蒙出个正确的来，它往往导致更复杂更严重的错误，而绝不是回到完美。女人在沉重的打击之下，心智容易混乱。假如我们一时想不出好办法，就把痛苦放到冰箱里吧。新鲜的痛苦固然令人阵痛恐惧，但还不是最糟，我们可以在悲愤之后，化痛苦为激励。最可怕的是痛苦的腐烂和蔓延，那将不可收拾。"

她沉吟半晌，然后说："谢谢您。我会好好地想想您说过的话。打搅您了。我在这世上，没有一个可信任又可保密的人，只有对您说。耽误了您这么多时间，很抱歉。"

我说："假如多少能给你一点帮助，我非常乐意减轻你的痛苦。"我又说，"最后能问你是怎么知道我的电话号码的吗？"

她在整个谈话过程中第一次轻轻地笑了，说："信息社会，我们只要想找一个人，他就逃不掉。您说对吗？"

我也笑了，说："对。假如今后我还有机会给你留言，会再一次写上——祝你和孩子平安。"

我有过若干次讲演的经历，在北大和清华，在军营和监狱，在农村土坯搭建的课堂和美国最奢华的私立学校……面对从医学博士到纽约贫民窟的孩子等各色人群，我都会很直率地谈出对问题的想法。在我的记忆中，有一次的经历非常难忘。

那是一所很有名望的大学，约过我好几次了，说学生们期待和我进行讨论。我一直推辞，我从骨子里不喜欢演说。每逢答应一桩这样的公差，就要莫名地紧张好几天。但学校方面很执着，在第 N 次邀请的时候说，该校的学生思想之活跃甚至超过了北大，会对演讲者提出极为尖锐的问题，常常让人下不了台，有时演讲者简直是灰溜溜地离开学校。

听他们这样一讲，我的好奇心就被激起来了，我说我愿意接受挑战。于是，我们商定了一个日子。

那天，大学的礼堂挤得满满的，当我穿过密密的人群走向讲台的时候，心里涌起怪异的感觉，好像是"文化大革命"期间的批斗会场，不知道今天将有怎样的场面出现。果然，从我一开始讲话，就不断地有字条递上来，不一会儿，就在手边积成了厚厚一堆，好像深秋时节被清洁工扫起的落叶。我一边讲课，一边充满了猜测，不知道树叶中潜伏着怎样的"思想炸弹"。讲演告一段落，进入回答问题的阶段，我迫不及待地打开了堆积如山的字条，一张张阅读。那一瞬，台下变得死寂，偌大的礼堂仿若空无一人。

我看完了字条说，有一些表扬我的话，我就不念了。除此之外，字条上提得最多的问题是：

人生有什么意义？请您务必说真话，因为我们已经听过太多言不由衷的假话了。

我念完这个字条以后，台下响起了掌声。我说你们今天提出这个问题很好，我会讲真话。我在西藏阿里的雪山之上，面对着浩瀚的苍穹和壁立的冰川，如同一个茹毛饮血的原始人，反复地思索过这个问题。我相信，一个人在他年轻的时候，是会无数次地叩问自己——我的一生，到底要追索怎样的意义？

我想了无数个晚上和白天，终于得到了一个答案。今天，在这里，我将非常负责地对大家说，我思索的结果是：人生是没有任何意义的！

这句话说完，全场出现了短暂的寂静，如同旷野。但是，紧接着就响起了暴风雨般的掌声。

那是我在讲演中获得的最热烈的掌声。在以前，我从来不相信有什么"暴风雨"般的掌声这种话，觉得那只是一个拙劣的比喻。

但这一次，我相信了。我赶快用手做了一个"暂停"的手势，但掌声还是绵延了若干时间。

我说："大家先不要忙着给我鼓掌，我的话还没有说完。我说人生是没有意义的，这没错，但是——我们每一个人要为自己确立一个意义！

"是的，关于人生意义的讨论，充斥在我们的周围。很多说法，由于熟悉和重复，已让我们从熟视无睹滑到了厌烦。可是，这不是问题的真谛。真谛是，别人强加给你的意义，无论它多么正确，如果它不曾进入你的心理结构，它就永远是身外之物。比如，我们从小就被家长灌输过人生意义的答案。在此后漫长的岁月里，谆谆告诫的老师和各种类型的教育，也都不断地向我们批发人生意义的补充版。但是，有多少人把这种外在的框架，当成了自己内在的标杆，并为之下定了奋斗终生的决心？"

那一天结束讲演之后，我听到有同学说，他觉得最大的收获是听到有一个活生生的中年人亲口说，人生是没有意义的，你要为之确立一个意义。

其实，不单是中国的青年人在目标这个问题上飘忽不定，就是在美国的著名学府哈佛大学，也有很多人无法在青年时代就确立自己的目标。我看到一则材料，说某年哈佛的毕业生临出校门的时候，校方对他们做了一个有关人生目标的调查，结果是：27%的人完全没有目标；60%的人目标模糊；10%的人有近期目标；只有3%的人有着清晰而长远的目标。

二十五年过去了，那 3% 的人不懈地朝着一个目标坚忍努力，成了社会的精英，而其余的人，成就要相差很多。

我之所以提到这个例子，是想说明在人生目标的确立上，无论中国还是外国的青年，都遭遇了相当程度的朦胧或是混沌状态。有人会说，是啊，那又怎么样？我可以一边慢慢成长，一边寻找自己的人生意义啊。我平日也碰到很多青年朋友，诉说他们的种种苦难。我在耐心地听完那些折磨他们的烦心事之后，把他们乞求帮助的目光撇在一旁，我会问："你的人生目标是什么呢？"

他们通常会很吃惊，好像怀疑我是否听懂了他们的愁苦，甚至恼怒我为什么对具体的问题视而不见，而盘问他们如此不着边际的空话。更有甚者，以为我根本就没有心思听他们说话，自己胡乱找了个话题来搪塞。

我会迎着他们疑虑的目光，说："请回答我的这个问题，你为什么而活着呢？"

年轻人一般会很懊恼地说："这个问题太大了，和我现在遇到的事没有一点关联。"我会说："你错了。世上的万事万物都有关联。有人常常以为心理上的事只和单一的外界刺激有关，就事论事，其实心理和人生的大目标有着纲举目张的紧密接触。很多心理问题，实际上都是人生的大目标出现了混乱和偏移。"

举个例子。一个小伙子找到我，说他为自己说话很快而苦恼，他交了一个女朋友，感情很好。但女孩子不喜欢他说话太快。一听他口若悬河滔滔不绝地说个没完，女孩就说自己快变成大头娃娃了。

还说如果他不改掉这毛病，就不能把他引见给自己的妈妈，因为老人家最烦的就是说话爱吐唾沫星子的人。

"您说我怎么才能改掉说话太快的毛病？"他殷切地看着我，闹得我都觉得如果不帮他这个忙，简直就成了毁掉他一生爱情和事业的凶手。

我说："你为什么要讲话那么快呢？"

他说："如果慢了，我怕人家没有耐心听完我的话。您知道，现在的社会节奏那么快，你讲慢了，人家就跑了。"

我说："如果按照你的这个观点发挥下去，社会节奏越来越快，你岂不是就得说绕口令了？你的准丈母娘就不是这样的人啊，她就喜欢说话速度慢一点并且注意礼仪的人啊。"

他说："好吧，就算您说的这两种人可以并存，但我还是觉得说话快一些，比较占便宜，可以在单位时间内传达更多的信息。"

我说："那你的关键就是期待别人能准确地接受你的信息。你以为只有快速发射信息才是唯一的途径。你对自己的观点并不自信。"

他说："正是这样。我生怕别人不听我的，我就快快地说，多多地说。"

当他这样说完之后，连自己也笑起来。我说："其实别人能否接受我们的观点，语速并不是最重要的。而且，你能告诉我，你为什么这样在意别人是否能接受你的观点？"

这个说话很快的男孩突然语塞起来，忸怩着说："我把理想告诉您，您可不要笑话我。"

我连连保证绝不泄密。他说："我的理想是当一个政治家。所有的政治家都很雄辩，您说对吧？"

我说："这咱们就比较接触到问题的实质了。要当一个政治家，第一要自信。他们的雄辩不是来自速度，而是来自信念。一个自信的人，不论说话快还是慢，他们对自我信念的坚守流露出来，会感染他人。我知道你有如此远大的理想，这很好。你要做的事，不是把话越说越快，而是积攒自己的力量，让自己的信念更加坚强。"

那一天的谈话到此为止。后来，这个男生告诉我，他讲话的速度慢了下来，也被批准见到了自己的准丈母娘，听说很受欢迎。

这边刚刚解决了一个说话快的问题，紧接着又来了一位女硕士，说自己的心理问题是讲话太慢，周围的人都认为她有很深的城府，不敢和她交朋友，以为在她那些缓慢吐出的话语背后，隐藏着怎样的阴谋。

"我试了很多方法，却无法让自己说话快起来，烦死了。"她慢吞吞地对我这样说，语速的确有一种压抑人的迟缓，好像在话的背后还隐藏着另一句话。

我看她急迫的神情，知道她非常焦虑。我说："你讲每一句话是否都要经过慎重考虑？"

她说："是啊。如果不考虑，讲错了话，谁负得了这个责？"

我说："你为什么特别怕讲错话？"

女硕士说："因为我输不起。我家庭背景不好，家里有人犯了罪，周围的人都看不起我们；家里很穷，从小靠亲戚的施舍我才能坚持学业。我生怕一句话说差了，人家不高兴，就不给我学费了。所以，连问一句'你吃了吗？'这样在中国最普通的话，我也要三思而后行。我怕人家说，你连自己的饭都吃不饱，也配来问别人吃饭的问题。"

听到这里，我说："我明白了。你觉得自己的每一句话都可能引致他人的误解，给自己造成不良影响。"

女硕士连连说："对对，就是这样的。"

我笑了，说："你这一句话说得并不慢啊。"

她说："那我是相信您不会误会我。"

我说："这就对了。你说话速度慢，不是一个技术性的问题，是你不能相信别人。你是否准备一辈子都不相信任何人？如果是这样，我断定你的讲话速度是不会改变的。如果你从此相信他人，讲话的速度自然会比较适宜，既不会太慢，也不会太快，而是能收放自如。"

那个女生后来果然有了很大的改变，她的人际关系也有了进步。

今天我们从一个很大的目标谈起，结果要在一个很小的地方结束。我想说，一个人的心理是一座斗拱飞檐的官殿，这座官殿的基础就是我们对自己人生目标的规划和对世界对他人的基本看法。一些看起来是技术和表面的问题，其实内里都和我们的基本人生观有着千丝万缕的联系。心理问题切不可头痛医头脚痛医脚，那样如同创可贴，只能暂时封住小伤口，却无法从根本上让我们的精神强健起来。

　　除了蒙面匪，我们面向人时都有一副容颜，或姣或陋，此乃上天与父母合谋的奉送。它像一件不是自主选定的商品，无处退换，不论满意与否都得义无反顾地佩戴下去，还需忍受它的褪色与破旧，直至与身俱灭。虽说整形与美容术可使某些乏善可陈的相貌得到修正，但从根本上讲，我们的脸都是造化随机奉送的礼物，绝非不喜欢就可轻易扒下，再换一张新的画片。

　　然而事情又有些怪异，按说千人千面，绝不雷同，但每逢分手之后，我追忆熟悉的朋友或新结识的诸色人等，他们的脸往往如淋了雨的泥娃娃，五官模糊成团，心头浮起的只是一汪暗影，好像柏油路上水渍洇开的油迹，朦胧浮动，难以界定。淡去的眉眼缩略简化成某种符号——亲切或是寒冷的感觉，温馨或是漠然的情致，和谐或是嘈杂的音调。或者干脆涌出一片颜色：柔润的夕阳红、华贵的荸荠紫、神秘的宇航灰或污浊的狗尾巴黄。更多的时候，一提到某个名字，与之相关的那张具体的脸仿佛突然被巨型"消字灵"涂掉，代之一股情绪的云雾，或愉悦或厌倦，弥漫心头。

早先以为自己有残缺，大脑里专管录像的那一部分遭了虫蛀，成了破包袱皮，再也包裹不住有关相貌的记忆，后来年事渐长，与人交流，才知天下有这等恍惚毛病的人颇不少。方明白人的脸，乃是一个变数。

眼光直接注视的时候，对方的眉目自然是清晰的。可惜心灵的感光，基本上是一次成像不保存底片，加上懒散，有形的面容一旦撤离视野，记忆就清理记录，大而化之地分门别类，一一归档。人的有形容貌，无法恒久烙下记忆，卷宗收留的只是提炼过的印象。

世上资产，分为有形和无形。无形资产的定义，我认为是指超出物质的实际价值，由于你的努力在人们心目中形成的信任——简言之，它是你的名字进入他人耳鼓时，呼唤起的一种美好感情。

摈除其中的商业因素，对人的容颜来说，或可借用这个概念。

脸后有脸。

上天赋予我们的端正或歪斜的眉眼、粗糙或光滑的皮肤、颀长或粗短的身材、完整或残缺的四肢……均是我们有形的容颜，每个人后天创造发展的性格、品行、能力，属于你的无形容颜。

无形容颜有正负之分。一个人只有美丽的外表，却没有相应的内在，初次结识时，秀丽外形所留下的愉悦印象就会犹如沙上之塔，很快便会被残酷的现实冲刷得千疮百孔。无形容颜的毁灭，像一场"精神天花"，人际关系一旦被传染，犹如多米诺骨牌轰然倒塌。从此提起你的时候，人们会遗憾甚或恼怒地说："那个人啊，金玉其外，败絮其中。"

无形容颜不会衰老。只要我们浇灌慧根、磨砺意志、拓展胸臆，它便会从幼年开始，如同花树一般渐渐生长，直至轮廓分明、明眸皓齿、青丝不老、慈眉善目……岁月流逝，沧海桑田，但在欢喜你、亲近你的眼光中，你所留下的形象始终如一，引起的感觉永恒温暖。比如，远行的双亲，纵是白发苍苍，在儿女们心中依旧是盛年音容、风采卓然。

我们习惯以思为笔，在心灵之纸上勾勒众人容貌。它和古时衙门的"画影图形"不同，与真实的形象已无关联，只对真实的情感负责。无形容貌是想象和判断的产物，摒弃工笔，重在写意。它缥缈，却比纤毫不差的实照具有更持久的魅力。

无形容颜可以美丽也可以丑陋，能怒火中烧也能垂头丧气，会神采奕奕也会惨淡无光。无形容颜的营造也像一门古老的手艺，"师傅领进门，修行在个人"，如果你背信弃义，无形容颜的画布上就留下贼眉鼠眼的一笔。如果你阿谀奉承，画布上就面色萎黄。如果你恃强凌弱，画布上就口眼歪斜。如果你居心叵测，画布上就血盆大口。如果你聪慧机警，画布上就眉清目秀。如果你襟怀坦荡，画布上就有浩然正气流注天庭。

我们对有形的容颜可以心平气和、随遇而安，对无形的容颜却要惨淡经营、精益求精。有形的容颜可以有疵而不坠青云之志，无形的容颜不能肮脏受污而无动于衷。

有形的容颜可存不完美，无形的容颜必得常修炼。

　　珍惜每个人的无形容颜，它是品德签发的通行证。凭着优雅的无形容颜，我们可以在萍水相逢的一瞬，遭遇千金难买的信任，转

危为安；我们可以在旋转的大千世界，找到志同道合的朋友，共赴天涯。

1972 年的一天，领导通知我速去乌鲁木齐报到，新疆军区军医学校在停顿若干年后在这一年第一次招生，只分给阿里军分区一个名额，首长经过研究讨论决定让我去。

按理说，我听到这个消息应该喜出望外才是。且不说我能回到平地，吸足充分的氧气，让自己被紫外线晒成棕褐色的脸庞得到"休养生息"，就是从学习的角度讲，"重男轻女"的部队能够把这样宝贵的唯一的名额分到我头上，也是天大的恩惠了。但是在记忆中，我似乎对此无动于衷，也许是雪山缺氧把大脑冻得迟钝了。我收拾起自己简单的行李，从雪山走下来，奔赴乌鲁木齐。

1969 年，我从北京到西藏当兵，那种中心和边陲的，文明和旷野的，优裕和茹毛饮血的，高地和凹地的，温暖和酷寒的，五颜六色和纯白的……一系列剧烈反差让我的心发生了沧海桑田般的变化。面临死亡咫尺之遥，面对冰雪整整三年，我再也不是当初那个天真烂漫的城市女孩，内心已变得如同喜马拉雅山万古不化的寒冰般苍老。我不会为了什么突发事件和急剧的变革而大喜大悲，只会淡然承受。

入学后，从基础课讲起，用的是第二军医大学的教材，教员由本校的老师和新疆军区总医院临床各科的主任、新疆医学院的教授担任。记得有一次，考临床病例的诊断和分析，要学员提出相应的治疗方案。那是一个不复杂的病案，大致的病情是由病毒引起重度上呼吸道感染，病人发烧、流涕、咳嗽，血象低，还伴有一些阳性体征。我提出方案的时候，除了采用常规的治疗，还加用了抗生素。

讲评的时候，执教的老先生说："凡是在治疗方案里使用了抗生素的同学都要扣分。因为这是一个病毒感染的病例，抗生素是无效的。如果使用了，一是浪费，二是造成抗药，三是无指征滥用，四是表明医生对自己的诊断不自信，一味追求保险系数……"老先生发了一通火，走了。

后来，我找到负责教务的老师，讲了课上的情况，对他说："我就是在方案中用了抗生素的学员。我认为那位老先生的讲评有不完全的地方，我觉得冤枉。"

教务老师说："讲评的老先生是新疆最著名的医院的内科主任，在国民党的军队里做到很高的医官，他的医术在整个新疆是首屈一指的。把这位老先生请来给你们讲课，校方已冒了很大的风险。他是权威，讲得很有道理。你有什么不服的呢？"

我说："我知道老先生很棒。但是具体问题要具体分析。他提出的这个病例并没有说出就诊所在的地理位置。比如，要是在我的部队，在海拔5000米以上的高原，病员出现高烧等一系列症状，明知是病毒感染，一般的抗生素无效，我也要大剂量使用。因为高原气候恶劣，病员的抵抗力大幅度下降，很可能合并细菌感染。如果到了临床上出现明确的感染征象时才开始使用抗生素，那就晚了，来不及了。病员的生命已受到严重威胁……"

教务老师沉默不语。最后，他说："我可以把你的意见转告给老先生，但是，你的分数不能改。"

我说："分数并不重要。您听我讲完了看法，我已知足了。"

教室的门开了，校工闪了进来，搬进来一把木椅子摆在讲案旁，且侧放。我们知道，老先生又要来了。也许是年事已高，也许是习惯，总之，老先生讲课的时候是坐着的，而且要侧着坐，面孔永远不面向学生，只是对着有门或有窗的墙壁。不知道他这是积习，还是不屑于面对我们，或是有什么难言之隐。

这一次，老先生反常地站着。他满头白发，面容黢黑如铁，身板挺直如笔管，让我笃信他曾是国民党医官一说。

老先生目光如锥，直视大家，音量不大，但在江南口音中运了力道，话语中就有种清晰的硬度。他说："听说有人对我的讲评有意见，好像是一个叫毕淑敏的同学。这位同学，你能不能站起来，让我这个当老师的也认识你一下？"

我只有站起来。

老先生很注意地看了我一眼，说："好。毕淑敏，我认识你了，你可以坐下了。"

说实话，那几秒钟真把我吓坏了。不过，有什么办法呢？说出的话就像注射到肌肉里的药水一样，是没办法抠出来的。

全班寂静无声。

老先生说："毕淑敏，谢谢你。你是好学生，你讲得很好。你的话里有一部分不是从我这儿学到的，因为我还没有来得及教给你那么多。是的，作为一个好医生，一定不能全搬书本，一定不能教条，要根据具体的情况决定治疗方案。在这一点上，你们要记住，无论多么好的老师，也不可能把所有的规则都教给你们。我没有去过毕淑敏所在的那个5000米高的阿里，但是我知道缺氧对人的影响。在那种情况下，她主张使用抗生素是完全正确的。我要把她的分数改过来……"

我听到教室里响起一阵轻微的欢呼。因为写了抗生素治疗的不仅我一个，很多同学都为这一改正而欢欣。

老先生紧接着说："但在全班，我只改毕淑敏一个人的分数。你们有人和她写的一样，还是要被扣分。因为你们没有说出她那番道理，是知其然而不知其所以然。你们现在再找我说也不管事了，即使你们是冤枉的也不能改。因为就算你们原来想到了，但对上级医生的错误没敢指出来。对年轻的医生来说，忠诚于病情和病人，比忠实于导师要重要得多。必要的时候，你宁可得罪你的上司，也万万不能得罪你的病人……"

这席话掷地有声。事过这么多年，我仍旧能够清晰地记得老先生如锥的目光和舒缓但铿锵有力的语调。平心而论，他出的那道题目是要求给出在常规情形下的治疗方案，而我竟从某个特殊的地理环境出发，并苛求于他。对一个初出茅庐的年轻人的不够全面的异议，老先生表现出了虚怀若谷的气量和真正的医生应有的磊落品格。

　　真的，那个分数对我来说完全不重要，重要的是我在此番高屋建瓴的话语中悟察到了一个优等医生的拳拳之心。

　　我甚至有时想，班上同学应该很感激我的挑战才对。因为没过多长时间，老先生就因为身体的关系不再给我们讲课了。如果不是我无意中创造了这个机会，我和同学们的人生就会残缺一段非常宝贵的教诲。

　　我三年的习医生涯，在我的生命中是一个重大的转折。我从生理上洞察人体，也从精神上对自己有了更多的信任。我知道了我们的灵魂居住在怎样的一团组织之中，也知道了它们的寿命和局限。如果说在阿里的时候我对生命还是模模糊糊的敬畏，那么，老师的教诲使我确立了这样的观念：一生珍爱自身，并把他人的生命看得如珠似宝，全力保卫这宝贵而脆弱的珍品。

41 | 幸福有盲点，
失去过的人
才知其可贵

无论是古代人、近代人还是现代人，对幸福的追求从未停止过片刻。

生活本身的目的就是获得幸福，追求幸福让众生殊途同归。那么，到底什么是幸福？

古往今来，关于幸福的定义，可以说众说纷纭五花八门。当我们讨论一个问题时，有的时候，可以从"它不是什么"来推断。

首先，幸福不是金钱。

金钱肯定是万分重要的。当然，贫贱夫妻百事哀。在物资极度匮乏的情况下，金钱和幸福有密切的相关性。但是，随着温饱的满足，人们对幸福的追求，就脱离了金钱增加的轨道。也就是说，金钱成倍地增加了，相应的幸福感，并没有成倍增加。

国外的研究发现，百万富翁和街头的乞丐，感知幸福的比例差不多。

到我的心理诊所来咨询的访客中，有些人的婚姻关系亮起了红灯，他们说，我们无比怀念以前没钱的日子，那时候，我俩每天都有说不完的话，两个人一起打拼，乐在其中。现在呢，房子有了，钱有了，可是话没了。两个人的心越离越远了。这是怎么回事啊？是哪里出了问题啊？

看来，不幸福有时和金钱有关，但有了钱，幸福并不能自然而然地降临。

其次，幸福不是高科技。

谈及科技与幸福的时候，几乎所有人的第一反应都认为它们是相关的。有了更多的新科技，人们就会收获更多的幸福。

这个论点初看之下很有道理。因为有了空调，人们不再受酷热严寒之苦，安逸舒适，自然多了幸福。2009 年 7 月，北京酷热，有一天我看到报纸上登了一封读者来信，一位产妇说，我刚生了宝宝，我们这一带停电了，宝宝在没有空调的房间里，受了大罪了，这可怎么办呢？太痛苦了！

看了这封忧心忡忡的读者来信，我就想起我孩子也是生在 7 月，那一年，北京也是酷暑。当然没有空调，不过，也安然度过了，好像并没有产生婴儿在没有空调的房间里就不能生活的顾虑。从这个角度来说，高科技不但没有增加人们的幸福感，反倒让人变得更敏感、更弱不禁风了。

有了火车，人们夕发朝至，免了鞍马劳顿之苦，快捷安全，自然多了幸福。有了电子邮件，人们手指轻点鼠标，无数思念和信息顿时抵达，自然多了幸福。较之茹毛饮血、刀耕火种的人类，如今的我们似乎幸福到了天上。事实果真如此吗？

不然。今天的人们并没有比以前感受到更多的幸福。

既然幸福不是金钱，不是高科技，那么，幸福是不是长寿呢？

在中国古代，"福寿禄"三足鼎立，可见这三样不是一种东西。福是福，福与祸相对，无祸便是福。

寿呢，指的是活得长久。禄，指的是古时官吏的俸禄。

现代人认为：生命不在长度，不在数量，而在质量，要重视它的宽度和深度。

现在，我们还要探讨一下——"福"是不是多子多福？

这一点，估计现代人马上会给出否定的答案。孩子并不直接等同于幸福。如果是那样的话，比人具有更强繁殖力的动物就更幸福了。比如，鱼和虾甩子一次可以达到几十万，你能说它们比人类更幸福吗？其实，越是低等动物，它们面临的生存环境越是险恶。为了保证在极端恶劣的环境中种族不灭绝，它们就进化出了大量生殖的本能，这和幸福的确没有多大关系。就算是在人类社会，多胎的家庭也不一定更幸福。

我们绕了半天圈子，现在还是回到主题上来，一探究竟。幸福到底是什么呢？

讲一个故事。

有一个女人，曾经在这个问题上走入歧途，陷入恐慌，不得不重新思考自己的人生定位。

若干年前，她看到了一则报道，说是西方某都市的报纸，面向社会征集"谁是世界上最幸福的人"这个题目的答案。来稿踊跃，各界人士纷纷应答。报社组织了权威的评审团，在纷纭的答案中进行遴选和投票，最后得出了三个答案。因为众口难调，意见无法统一，还保留了一个备选答案。

按照投票者的多寡和权威们的表决，发布了"谁是世界上最幸福的人"的名单。记得大致顺序是这样的：

第一种最幸福的人：刚刚给孩子洗完澡，怀抱婴儿面带微笑的母亲。

第二种最幸福的人：给病人做完了一例成功手术，目送病人出院的医生。

第三种最幸福的人：在海滩上筑起了一座沙堡，望着自己劳动成果的顽童。

备选的答案是：写完了小说最后一个字，画上了句号的作家。

消息入眼，这个女人的第一反应仿佛被人在眼皮上抹了辣椒油，呛而且痛，心中惶惶不安。当她静下心来，梳理思绪，才明白自己当时的反应，是一种深入骨髓的悲哀。原来她是一个幸福盲。

为什么呢？说来惭愧，答案中的四种情况，从某种意义上说，那时的她，居然都在一定程度上初步拥有了。

她是一个母亲，给婴儿洗澡的事几乎是早年间每日的必修。那时候家中只有一间房子，根本就没有今天的淋浴设备，给孩子洗澡就是准备一个大铝盆，倒上水，然后把孩子泡进去。那个铝盆，她用了六块钱，买了个处理品，处理的原因是内壁不怎么光滑，麻麻癞癞的。她试了试，好在只是看着不美观，并不会擦伤人，就买回来了。那时要用蜂窝煤炉子烧水，水热了倒进铝盆，然后再加冷水。用手背试试，水温合适了，就把孩子泡进盆里。现在她每逢听到给婴儿用的洗浴液是"无泪配方"，就很感叹。那时候，条件差，只能用普通的肥皂给孩子洗澡。因为忙着工作，家务又多，洗澡的时候总是慌慌忙忙的，经常不小心把肥皂水浸到孩子的眼睛里，闹得孩子直哭。洗完澡，把孩子抱起来，抹一抹汗水，艰难地扶一扶腰，已是筋疲力尽，披头散发的了。

她曾是一名主治医生，手起刀落，给很多病人做过手术，目送着治愈了的病人走出医院大门的情形，也经历过无数次了。回忆一下，那时候想的是什么呢？很惭愧啊，因为忙，往往是病人还在满怀深情地回望着医生呢，她已经匆匆回过头去，赶回诊室。候诊的病人实在多，赶紧给别的病人看病是要紧事。再有，医生送病人，也不适合讲"再见"这样的话，谁愿意和医生"再见"呢？当然是希望永远不见医生最好。她知趣地躲开，哪里有什么幸福之感？记得的只是完成任务之后长长呼出一口气，觉得已尽到了职责。

对比第三种幸福人的情形，可能多少有一点点差距。儿时调皮，虽然没在海滩上筑过繁复的沙堡（这大概和那个国家四面环水有关），但在附近建筑工地的沙堆上挖个洞穴藏个"宝贝"之类的工程，倒是常常一试身手。那时候心中也顾不上高兴，总是担心别叫路过的人一脚踩塌了她的宏伟建筑。

另外，在看到上述消息的时候，她已发表过几篇作品，因此那个在备选答案中占据一席之地的"作家完成最后一字"之感，也有幸体验过了。这个程序因为过去的时间并不太久，所以那一刻的心境记得还很清

楚。也不是什么幸福感，而是愁肠百结——把稿子投到哪里去呢？听说
文学的小道上挤满了人，恨不能成了"自古华山一条道"，一不留神就
会被挤下山崖。那时候，虽然还没有"潜规则"这样的说法，但投稿子
要认识人，已成了公开的秘密。她思前想后，自己在文学界举目无亲，
一片荒凉，一个人也不认识，贸然投稿，等待自己的99%是退稿。不过，
因为文学是自己喜爱的事业，她不能在自己喜爱的东西里藏污纳垢。她
下定决心绝不走后门，坚守一份古老的清洁。知道自己这个决定意味着
要吃闭门羹，心中充满了失败的凄凉，真是谈不到幸福。

　　看到这里，朋友们可能发觉这个糊涂的女人不是别人，就是毕淑
敏啊！的确，当时的我，已经集这几种公众认为幸福的状态于一身，
可我不曾感到幸福，这真是让人觉得晦气而又痛彻心肺的事情。我思
考了一下，发觉是自己出了毛病。还不是小毛病，而是大毛病。如果
这个问题不解决，我后半生所有的努力和奋斗，都是镜中花水中月。
没有了幸福的基础，所有的结果都是沙上建塔。从最乐观的角度来说，
即使我的所作所为对别人有些许帮助，我本人依然是不开心的。我不
得不哀伤地承认，照这样生活下去，我就是一个不折不扣的幸福盲。

　　我要改变这种情况，我要对自己的幸福负责。从那时起，我开始
审视自己对于幸福的把握和感知，我训练自己对于幸福的敏感和享受，
我像一个自幼被封闭在黑暗中的人，学习如何走出洞穴，在七彩光线
下试着辨析青草和艳花、朗月和白云。我真的体会到了那些被病魔囚
禁的盲人，手术后打开了遮眼纱布时的诧异和惊喜，不由自主地东张
西望，流下喜极而泣的泪水的感受。

没有内啡肽的
激发，
幸福不过是
跛子

　　20世纪90年代，我写了一本名为《红处方》的长篇小说。为什么叫《红处方》呢？我当医生，从有处方权的那一天开始，就知道处方是有颜色的。大家可能要说，处方不都是白色的吗？是的，我们常用的处方是白色的，但处方其实还有另外的颜色。黄色是外用处方，现在新的处方管理规定中，黄色是急诊处方。绿色是儿科处方。红色就是剧毒药品和麻醉药品的专用处方。

　　比如，你要开吗啡，就要用红处方。

　　《红处方》这本小说，是国内第一部戒毒题材的小说。这些年来，我听很多年轻的朋友说过，他们就是从这部小说中，知道了什么是毒品和它控制人的机理，然后决定永远不沾染毒品。

　　当时，国内有关戒毒的资料很难找，甚至有的医生对毒品都了解甚少，我到了一家图书馆，跟人家说，你可以把我锁在库房里面，我要把有关的书籍读个遍。因为是朋友，图书管理人员说，请你告诉我们，你到底需要什么书，我们来帮你找。

我说，我也不知道自己需要的到底是什么书，我只能一本本地翻找，我要把这件事情搞清楚。

在阅读了我能找得到的当时国内所有有关书籍之后，我终于明白了，原来，吗啡是如此神秘的一种物质啊。

记得一本 18 或是 19 世纪的化学家或是药理学家的传记中说，当时临床上应用的几乎所有的药品都是无效的，都是安慰剂。人们之所以觉得某些药物有效，是因为医生告诉他们这些药物是有效的，其实真正起到治疗作用的是他们自己的精神状态，加上医生的信誓旦旦。但是，有一个例外。

这个例外是什么呢？就是罂粟的提取物。它们给予人类巨大的帮助，让人们能够对抗身体上的强烈痛苦，并带给人难以比拟的欢愉，还有就是能对抗死亡的痛彻心肺的恐惧。

17 世纪的英国医生、临床医学的奠基人托马斯·西德纳姆干脆为鸦片大唱赞歌。他说："我忍不住要大声歌颂伟大的上帝，这个万物的制造者，它给人类的苦恼带来了舒适的鸦片，无论是从它能控制的疾病数量，还是从它能消除疾病的效率来看，没有一种药物有鸦片那样的价值。""没有鸦片，医学将不过是个跛子。"这位医学大师因此也获得了"鸦片哲人"的雅号。

我本来非常恨罂粟。谁都知道，吗啡是从罂粟的汁液中提取出来的，它如同魔鬼之手，把人牵引到了地狱。可在这里，我们看到的全是吗啡的优点。

我陷入了沉思。

罂粟有毒,这不是罂粟的过错。为什么这世界上千千万万的动物,都没有因为罂粟而中毒,唯有人把罂粟提炼出来,浓缩为毒剂,让自己蹈入万劫不复的深渊呢?

有罪的究竟是一种植物,还是人类本身呢?

正在这时,我开始剧烈地腹痛。经常半夜时分捂着肚子,直奔医院的急诊科。疼痛锥心刺骨,我蜷缩在急诊室肮脏而冰冷的地板上,单跪着一条腿,屏住气,用膝盖抵住腹部,好像一个狼狈的骑士在蹩脚地求婚。痛得连医生问我叫什么名字,都无法回答。急诊科的医生诊断我为胆绞痛,开出了"红处方"。那上面赫然写着"杜冷丁 100 毫克"。

杜冷丁是人工合成的麻醉药物,对人体的作用和机理与吗啡相似,但镇痛、麻醉作用较小,仅相当于吗啡的 1/10~1/8,作用时间大约能维持 2~4 小时。

对不熟悉医学的朋友,让我打个不怎么恰当的比方,如果说吗啡是中学生,杜冷丁只能算是小学一年级。

即使是这样一位内啡肽系列的小兄弟出手,效果也非常显著。那痛彻心肺的折磨,大约在注射 10 分钟之后,就烟消云散了。我惊奇地抚摸着腹部,觉得刚才的剧痛好像是一个幻觉。随之又出现了轻松兴奋的感觉,人有一种沸腾起来的欲望。之后是深沉的困倦,好像不由自主地潜入了海底……当我第二天早上醒来,觉得精神抖擞、意气风发,似乎从来没有睡过这样的好觉。

后来,我把这种体验同一位毒理药理专家说起,他说,你要是吸毒的话，一定会很快成瘾的。我吓出了一身冷汗。

我从自己的亲身经历得出了一个结论，如果单是在医疗领域里正确地使用吗啡类药物，人真是要对吗啡鞠个躬。它是那样快捷而又斩钉截铁地消除了疼痛。

当然，它是治标不治本，有点像灰姑娘的金马车。有效时间一过，病痛照旧发作，金马车就变回了老南瓜。我的病后来是在医院开刀做手术，才算治好了。

为了写那部小说，我走访了很多在戒毒过程中的瘾君子。我原来觉得他们都是愚蠢透顶或头脑简单容易上当受骗的人，不然为什么亲手给自己制造了灭顶之灾？

真正结识之后，交谈一番，才发现他们大部分是很聪明伶俐的人，好奇，对新鲜事物很敏感，害怕孤独，喜欢出人头地……一句话，他们的智商绝不低，有些还出类拔萃。

我几乎会问每一个戒毒者，你第一次吸毒，是为什么呢？

我得到的最多的回答是：为了寻求幸福。

当我第一次听到这个答案的时候，震惊之余，我根本就不相信。我想，这是他们为自己编造的一个冠冕堂皇的理由。后来，听得多了，这句话一次又一次震荡在耳边，我相信了他们，他们是真心实意地这样讲。当然，说法略有差异，实质是一样的。

比如，有的人会说，我觉得自己不开心，听说只要吸上几口这东西，就不那么烦了。

有人会说，我失恋了。我没法不想她。别人告诉我，吸一口这玩意儿吧，你就什么都忘了。你就能走过这一段揪心的日子了。

还有人说，我很孤独，没有人搭理我。只要我吸了毒品，我就觉得自己强大起来，要什么有什么，对自己充满了信心。

凡此种种，令我痛惜不已。

他们都有一个美好的愿望，为了让自己更幸福。不料一拐弯，从寻找天堂的路上掉进了地狱。

为什么？戒毒者们睁着迷茫的双眼，我也百思不得其解。

后来，我终于明白了。内啡肽扮演了一个极其诡异的角色。

内啡肽本来是无罪的。它是人们自己在生命过程中生产的一种激素，你也可以将它理解为一种能量。它是一种能够帮助机体对抗重重恶劣环境，成为激发自身免疫体系的酵母，是我们的宝贝。正像国外的科学家们研究出来的那样，如果我们的机体能够稳定地保持着生产内啡肽的能力，内啡肽源源不断地荡涤着身体的每一个细胞，我们就年轻而有活力，身心愉悦。

可惜的是，内啡肽的产生是很吝啬的，是要我们付出艰苦的努力才能获得的。

一个老农，辛辛苦苦在土地里耕耘了一年，收获的时候，看着麦浪翻滚的田野，脸上露出了灿烂的微笑。我相信，这时候，如果有个穿白大衣的科学工作者，抽取他的血液去化验，那么，他的内啡肽一定是在一个很高的水平值上。

如果一个年轻的学子，经过12年寒窗苦读，终于考上了自己理想中的大学，在接到邮递员递过来的录取通知书的时候，如果有人在这个节骨眼上抽取他的血液去化验，我猜他血液中的内啡肽也一定汹涌澎湃。

这就是幸福时刻。它来之不易！如果没有老农一年来风霜雨雪中的辛勤劳作，就没有丰收的喜悦。所以，这是他的汗水换来的。

如果没有学子的不懈努力，我相信等待他的就是另外一番情形了。

所以，我们体内的内啡肽，是体力和精神双重努力的结果。它带给我们的欢愉，宝贵而稀少。

人们发现了大自然里有一种美丽的花，叫作罂粟。这罂粟不单美丽妖娆，而且还有一个神奇的妙用：罂粟的提取物——鸦片，居然和我们的身体在快乐时所产生的物质极为相似。

吗啡是鸦片中最主要的生物碱（含量约 10%~15%），1806 年法国化学家泽尔蒂纳首次将其从鸦片中分离出来。他用分离得到的白色粉末在狗和自己身上进行实验，结果狗吃下去后很快昏昏睡去，用强刺激法也无法使其兴奋苏醒；他本人吞下这些粉末后也长眠不醒。据此他用希腊神话中的睡眠之神吗啡斯（Morpheus）的名字，将这些物质命名为"吗啡"。

也就是说，吗啡模拟了人类幸福时的分泌系统，吗啡是山寨版的幸福物质，吗啡让人不费吹灰之力，就获取了原本需要长期艰苦努力才能取得的欢愉，吗啡让人类的幸福速成而又廉价。

但是，且慢！吗啡在带给人短暂的"伪幸福"之后，人的身体就进入了成瘾的状态。它再也不是原来那个朴素而有节制地享受幸福的身体了，它变得贪婪而失控。它对毒品的渴求越来越强烈，毒品已经成了一种罪恶的"营养素"，整个神经系统对它形成了不可遏制的依赖。它们就像干渴的土地，需要毒品定时来灌溉，只要供应不上，机体就变成了一架疯狂的机器，引起一系列极为痛苦的症状。为了防止这些症状出现，吸毒者只有不断寻找毒品，饮鸩止渴。随着时间的推延，吸毒者对毒品的需求越来越大，两次"灌溉"之间的距离越来越短。这时候，吸毒者就完全沦为了毒品魔爪中的"人质"，他们每天唯一的念头，就是不惜一切手段去攫取毒品。他们在败光了自己的财产之后，开始贩卖毒品、杀人越货、无恶不作。

这是一条悲惨的通往地狱的狭路，但在它的入口处，却分明书写着"幸福"二字。你仔细端详，才能发现那是盗版。

这就是吸毒者大致的轨迹。

当我所写的戒毒题材小说《红处方》将在文学期刊上发表的时候，受到了严格的审查，其中最主要的是删除了描写吸毒者最初阶段感觉欢愉和幸福的部分。

我说，为什么呢？

删节者说，这样会鼓励吸毒。他们会觉得吸毒是一件美妙的事情。

我说，可这是事实。正是因为最初阶段的假象，才会诱使不明真相的人深陷其中。

删节者说，不管怎么说，不能把吸毒写得有快感。年轻人好奇，他们会追求这种快感，事情就复杂了。

我说，如果一件事，一开始就给人很痛苦的感觉，人们本能地就会排斥它，也就没有那么危险了。最可怕的情形就是刚刚涉入其中的时候，看到的是鸟语花香，而其实危险就潜伏在这种看起来很舒适欢愉的表象之下。

删节者说，不管怎样，书中只能描写吸毒的痛苦，痛不欲生，这才能起到正面的教育意义。

我最终没能说服他们。据说，一般的稿子只要三审就行了，我的稿子审了七次。

说这段陈年往事，我只是想再次重复，人们在寻求幸福的道路上，要提防魔鬼的化身。真正的幸福，绝不是靠一种化学药品就能达到的，你要付出艰苦卓绝的努力。

内啡肽是神奇的，我们要做自己内啡肽的主人。

图书在版编目（CIP）数据

欣喜是自酿的 / 毕淑敏著 . -- 长沙 : 湖南文艺出版社 , 2020.9
ISBN 978-7-5404-9335-6

Ⅰ . ①欣… Ⅱ . ①毕… Ⅲ . ①散文集－中国－当代
Ⅳ . ① I267

中国版本图书馆 CIP 数据核字（2019）第 140661 号

上架建议：名家经典 · 散文

XINXI SHI ZI NIANG DE
欣喜是自酿的

作　　者：毕淑敏
出 版 人：曾赛丰
责任编辑：薛　健　刘诗哲
监　　制：邢越超
特约策划：董晓磊　刘红静
特约编辑：徐　洒
营销支持：张婉希
版式设计：李　洁
内文插图：视觉中国
封面设计：尚燕平
出　　版：湖南文艺出版社
　　　　　（长沙市雨花区东二环一段 508 号　邮编：410014）
网　　址：www.hnwy.net
印　　刷：旺源文化发展（天津）有限公司
经　　销：新华书店
开　　本：880mm×1270mm　1/32
字　　数：143 千字
印　　张：7
版　　次：2020 年 9 月第 1 版
印　　次：2020 年 9 月第 1 次印刷
书　　号：ISBN 978-7-5404-9335-6
定　　价：49.80 元

若有质量问题，请致电质量监督电话：010-59096394
团购电话：010-59320018